史铁生 摄

病隙碎笔

〇

○

我不断地眺望

那最初之在：

一方蓝天，

一条小街，

阳光中缥缈可闻的一缕钟声。

BingXiSuiBi

史铁生 摄

爱与自卑。

○

爱，

原就是自卑弃暗投明的时刻。

自卑，

或者在自卑的洞穴里步步深陷，

或者转身，

在爱的路途上迎候解放。

○

　　爱是软弱的时刻，是求助于他者的心情，

　　不是求助于他者的施予，是求助于他者的参加。

史铁生　摄

爱是软弱的时刻

○

爱与残缺。

爱，即分割之下的残缺向他者呼吁完整，

或者竟是，向地狱要求天堂。

史铁生 摄

○

所谓命运，就是说，

这一出"人间戏剧"需要各种各样的角色，

你只能是其中之一，不可以随意调换。

BingXiSuiBi

陈希米 摄

史铁生　摄

○

古园寂静，

你甚至能感到神明在傲慢地看着你，

以风的穿流，

以云的变幻，

以野草和老树的轻响，

以天高地远和时间的均匀与漫长……

史铁生　摄

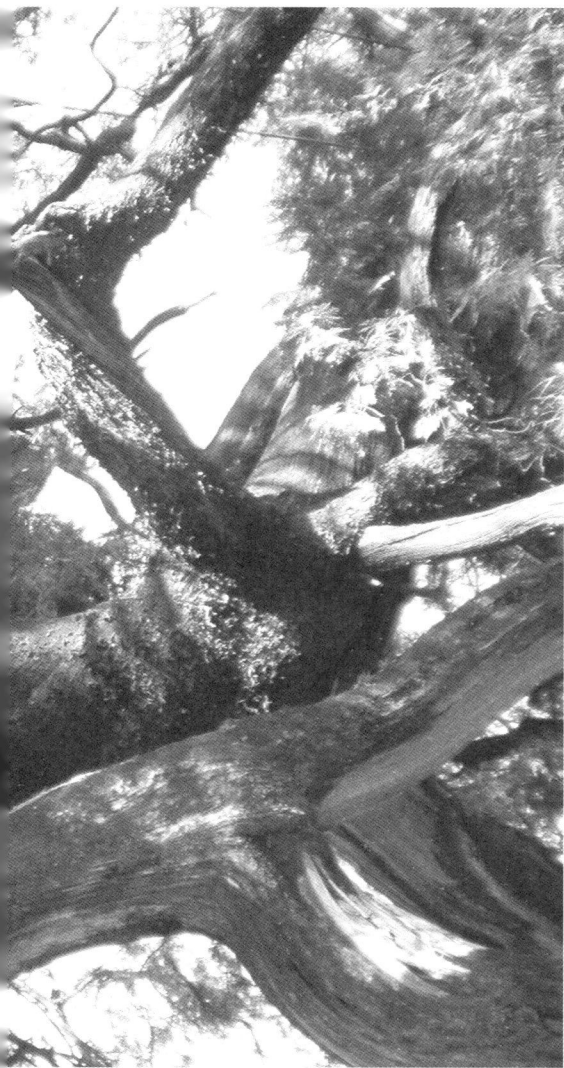

○

我们一起坐在地坛的老柏树下，

看天看地，

听上帝一声不响。

上帝他在等待。

信
心
○

真正的信心前面，

其实是一片空旷，

除了希望什么也没有，

想要也没有。

陈希米　摄

纪念版

病隙碎笔

史铁生 著

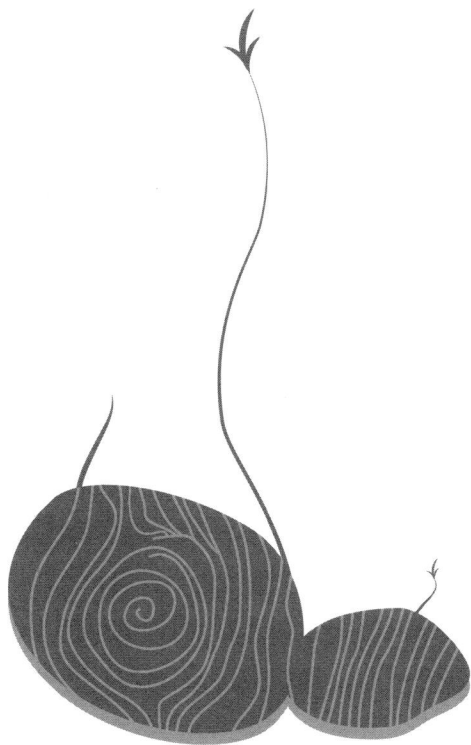

湖南文艺出版社
HUNAN LITERATURE AND ART PUBLISHING HOUSE

博集天卷
CS-BOOKY

你能够与我一同笑看

目录

CONTENTS

病隙碎笔 1

001

约伯的信心是真正的信心。约伯的信心前面没有福乐做引诱，有的倒是接连不断的苦难。不断的苦难曾使约伯的信心动摇，他质问上帝：作为一个虔诚的信者，他为什么要遭受如此深重的苦难？

病隙碎笔 2

055

人可以走向天堂，不可以走到天堂。走向，意味着彼岸的成立。走到，岂非彼岸的消失？彼岸的消失即信仰的终结、拯救的放弃。因而天堂不是一处空间，不是一种物质性存在，而是道路，是精神的恒途。

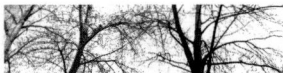

病隙碎笔 3

105

我们太看重了白昼，又太忽视着黑夜。生命，至少有一半是在黑夜中呀——夜深人静，心神仍在奔突和浪游。更因为，一个明确走在晴天朗照中的人，很可能正在心魂的黑暗与迷茫中挣扎，黑夜与白昼之比因而更其悬殊。

病隙碎笔 4

143

看见苦难的永恒，实在是神的垂怜——唯此才能真正断除迷执，相信爱才是人类唯一的救助。这爱，不单是友善、慈悲、助人为乐，它根本是你自己的福。这爱，非居高的施舍，乃谦恭的仰望，接受苦难，从而走向精神的超越。

病隙碎笔5

155

一棵树上落着一群鸟儿，把树砍了，鸟儿也就没了吗？不，树上的鸟儿没了，但它们在别处。同样，此一肉身，栖居过一些思想、情感和心绪，这肉身火化了，那思想、情感和心绪也就没了吗？不，他们在别处。倘人间的困苦从未消失，人间的消息从未减损，人间的爱愿从未放弃，他们就必定还在。

病隙碎笔6

211

尴尬是一种可贵的能力。因为，反躬自问是一切爱愿和思想的初萌。要是你忽然发现你处在了尴尬的地位，这不值得惊慌，也最好不要逃避，莫如由着它日日夜夜惊扰你的良知，质问你的信仰，激活你的思想；进退维谷之日正可能是别有洞天之时，这差不多能算规律。

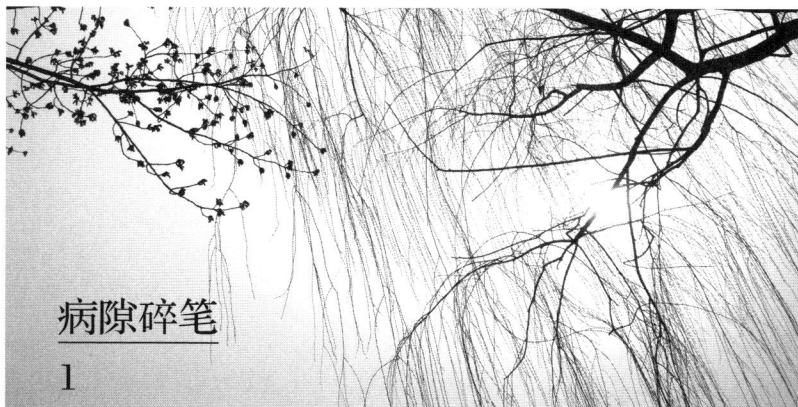

病隙碎笔

1

Shi Tiesheng

约伯的信心是真正的信心。约伯的信心前面没有福乐做引诱，有的倒是接连不断的苦难。不断的苦难曾使约伯的信心动摇，他质问上帝：作为一个虔诚的信者，他为什么要遭受如此深重的苦难？

一

所谓命运，就是说，这一出"人间戏剧"需要各种各样的角色，你只能是其中之一，不可以随意调换。

写过剧本的人知道，要让一出戏剧吸引人，必要有矛盾，有人物间的冲突。矛盾和冲突的前提，是人物的性格、境遇各异，乃至天壤之异。上帝深谙此理，所以"人间戏剧"精彩纷呈。

写剧本的时候明白，之后常常糊涂，常会说："我怎么这么倒霉！"其实谁也有"我怎么这么走运"的时候，只是这样的时候不嫌多，所以也忘得快。但是，若非"我怎么这么"和"我怎么那么"，我就是我了吗？我就是我。我是一种限制。比如我现在要去法国看"世界杯"，一般来说是坐飞机去，但那架飞机上天之后要是忽然不听话，发动机或起落架谋反，我也没办法再跳上另一架飞机了，一切只好看命运的安排，看那一幕戏剧中有没有飞机坠毁的情节，有的话，多么美妙的足球也只好由别人去看。

<h1 style="text-align:center">二</h1>

把身体比作一架飞机，要是两条腿（起落架）和两个肾（发动机）一起失灵，这故障不能算小，料必机长就会走出来，请大家留些遗言。

躺在"透析室"的病床上，看鲜红的血在"透析器"里汩汩地走——从我的身体里出来，再回到我的身体里去，那时，我常仿佛听见飞机在天上挣扎的声音，猜想上帝的剧本里这一幕是如何编排。

有时候我设想我的墓志铭，并不是说我多么喜欢那路东西，只是想，如果要的话最好要什么？要的话，最好由我自己来选择。我看好《再别康桥》中的一句：轻轻的我走了，正如我轻轻的来。在徐志摩先生，那未必是指生死，但在我看来，那真是最好的对生死的态度，最恰当不过，用作墓志铭再好也没有。我轻轻地走，正如我轻轻地来，扫尽尘嚣。

但既然这样，又何必弄一块石头来做证？还是什么都不要吧，墓地、墓碑、花圈、挽联，以及各种方式的追悼，什么都不要才好，让寂静，甚至让遗忘，去读那诗句。我希望"机长"走到我面前时，我能镇静地把这样的遗言交给他。但也可能并不如愿，也可能"筛糠"。就算"筛糠"吧，讲好的遗言也不要再变。

三

有一回记者问到我的职业，我说是生病，业余写一点东西。这不是调侃，我这四十八年大约有一半时间用于生病，此病未去彼病又来，成群结队好像都相中我这身体是一处乐园。或许"铁生"二字暗合了某种意思，至今竟也不死。但按照某种说法，这样的不死其实是惩罚，原因是前世必没有太好的记录。我有时想，可否据此也去做一回演讲，把今生的惩罚与前生的恶迹一样样对照着摆给——比如说，正在腐败着的官吏们去做警告？但想想也就作罢，料必他们也是无动于衷。

四

　　生病也是生活体验之一种，甚或算得一项别开生面的游历。这游历当然是有风险，但去大河上漂流就安全吗？不同的是，漂流可以事先做些准备，生病通常猝不及防；漂流是自觉的勇猛，生病是被迫的抵抗；漂流，成败都有一份光荣，生病却始终不便夸耀。不过，但凡游历总有酬报：异地他乡增长见识，名山大川陶冶性情，激流险阻锤炼意志，生病的经验是一步步懂得满足。发烧了，才知道不发烧的日子多么清爽。咳嗽了，才体会不咳嗽的嗓子多么安详。刚坐上轮椅时，我老想，不能直立行走岂非把人的特点搞丢了？便觉天昏地暗。等到又生出褥疮，一连数日只能歪七扭八地躺着，才看见端坐的日子其实多么晴朗。后来又患尿毒症，经常昏昏然不能思想，就更加怀恋起往日时光。终于醒悟：其实每时每刻我们都是幸运的，因为任何灾难的前面都可能再加一个"更"字。

五

坐上轮椅那年，大夫们总担心我的视神经会不会也随之作乱，隔三岔五推我去眼科检查，并不声张，事后才告诉我已经逃过了怎样的凶险。人有一种坏习惯，记得住倒霉，记不住走运，这实在有失厚道，是对神明的不公。那次摆脱了眼科的纠缠，常让我想想后怕，不由得瞑揖默谢。

不过，当有人劝我去佛堂烧炷高香，求佛不断送来好运，或许能还给我各项健康时，我总犹豫。不是不愿去朝拜（更不是不愿意忽然站起来），佛法博大精深，但我确实不认为满腹功利是对佛法的尊敬。便去烧香，也不该有那样的要求，不该以为命运欠了你什么。莫非是佛一时疏忽错有安排，倒要你这凡夫俗子去提醒一二？唯当去求一份智慧，以醒贪迷。为求实惠去烧香磕头念颂词，总让人摆脱不掉阿谀、行贿的感觉。就算是求人办事吧，也最好不是这样的逻辑。实在碰上贪官非送财礼不可，也是鬼鬼祟祟的才对，怎么竟敢大张旗鼓去佛门徇私舞弊？佛门清静，凭一肚子委屈和一沓账单还算什么朝拜？

六

约伯的信心是真正的信心。约伯的信心前面没有福乐做引诱，有的倒是接连不断的苦难。不断的苦难曾使约伯的信心动摇，他质问上帝：作为一个虔诚的信者，他为什么要遭受如此深重的苦难？但上帝仍然没有给他福乐的许诺，而是谴责约伯和他的朋友不懂得苦难的意义。上帝把他伟大的创造指给约伯看，意思是说：这就是你要接受的全部，威力无比的现实，这就是你不能从中单单拿掉苦难的整个世界！约伯于是醒悟。

不断的苦难才是不断地需要信心的原因，这是信心的原则，不可稍有更动。倘其预设下丝毫福乐，信心便容易蜕变为谋略，终难免与行贿同流。甚至光荣，也可能腐蚀信心。在没有光荣的路上，信心可要放弃吗？以苦难去做福乐的投资，或以圣洁赢取尘世的荣耀，都不是上帝对约伯的期待。

七

曾让科学大伤脑筋的问题之一是：宇宙何以能够满足如此苛

刻的条件——阳光、土壤、水、大气层，以及各种元素恰到好处的比例，以及地球与其他星球妙不可言的距离——使生命孕育，使人类诞生？

若一味地把人和宇宙分而观之，人是人，宇宙是宇宙，这脑筋就怕要永远伤下去。天人合一，科学也渐渐醒悟到人是宇宙的一部分，这样，问题似乎并不难解：任何部分之于整体，或整体之于部分，都必定密切吻合。譬如一只花瓶，不小心摔下几块碎片，碎片的边缘尽管参差诡异，拿来补在花瓶上也肯定严丝合缝。而要想复制同样的碎片或同样的缺口，比登天还难。

<h1 style="text-align:center">八</h1>

世界是一个整体，人是它的一部分，整体岂能为了部分而改变其整体意图？这大约就是上帝不能有求必应的原因。这也就是人类以及个人永远的困境。每个角色都是戏剧的一部分，单捉出一个来宠爱，就怕整出戏剧都不好看。

上帝能否插手人间？一种意见说能，整个世界都是他创造的呀。另一种意见说不能，他并没有体察人间的疾苦而把世界重新裁剪得更好。从后一种理由看，他确实是不能。但是，从他坚持整体意图的不可改变这一点想，他岂不又是能吗？对于向他讨要好运的人来说，他未必能。但是，就约伯的醒悟而言，他岂不又是能吗？

九

撒旦不愧是魔鬼，惯于歪曲信仰的意义。撒旦对上帝说：约伯所以敬畏你，是因为你赐福于他，否则看他不咒骂你！上帝想看看是不是这样，便允许撒旦夺走了约伯的儿女和财产，但约伯的信心没有动摇。撒旦又对上帝说：单单舍弃身外之物还不能说明什么，你若伤害他的身体，看看会怎样吧！上帝便又允许撒旦让约伯身染恶病，但信者约伯仍然没有怨言。

撒旦的逻辑正是行贿受贿的逻辑。

约伯没有让撒旦的逻辑得逞。可是，他却几乎迷失在另一种对信仰的歪曲中："约伯，你之所以遭受苦难，料必是你得罪过上帝。"这话比魔鬼还可怕，约伯开始觉到委屈，开始埋怨上帝的不公正了。

这样的埋怨我们也熟悉。好几次有人对我说过，也许是我什么时候不留神，说了对佛不够恭敬的话，所以才病而又病，我听了也像约伯一样顿生怨愤——莫非佛也是如此偏爱恭维、心胸狭窄？还有，我说约伯的埋怨我们也熟悉，是说，背运的时候谁都可能埋怨命运的不公平，但是生活，正如上帝指给约伯看到的那样，从来就布设了凶险，不因为谁的虔敬就给谁特别的优惠。

十

可是上帝终于还是把约伯失去的一切还给了约伯，终于还是赐福给了那个屡遭厄运的老人，这又怎么说？

关键在于，那不是信心之前的许诺，不是信心的回扣，那是苦难极处不可以消失的希望啊！上帝不许诺光荣与福乐，但上帝保佑你的希望。人不可以逃避苦难，亦不可以放弃希望——恰是在这样的意义上，上帝存在。命运并不受贿，但希望与你同在，这才是信仰的真意，是信者的路。

十一

重病之时，我总想起已故好友周郦英，想起他躺在病房里，瘦得只剩一副骨架，高烧不断，溃烂的腹部不但不愈合反而在扩展……窗外阳光灿烂，天上流云飞走，他闭上眼睛，从不呻吟，从不言死，有几次就那么昏过去。就这样，三年，他从未放弃希望。现在我才看见那是多么了不起的信心。三年，那是一分钟一分钟连接起来的，漫漫长夜到漫漫白昼，每一分钟的前面都没有确定的许诺，无论科学还是神明，都没给他写过保证书。我曾像他所有的朋友一样赞叹他的坚强，却深藏着迷惑：他在想什么，怎样想？

可能很简单：他要活下去，他不相信他不能够好起来。从约伯故事的启示中我知道：真正的信心前面，其实是一片空旷，除了希望什么也没有，想要也没有。

但是他没能活下去，三年之后的一个早晨，他走了。这是对信心的嘲弄吗？当然不是。信心，既然不需要事先的许诺，自然也就不必有事后的恭维，它的恩惠唯在渡涉苦难的时候可以领受。

十二

求神明保佑，可能是人人都会有的心情。"人定胜天"是一句言过其实的鼓励，"人是被抛到这个世界上来的"才是实情。生而为人，终难免苦弱无助，你便是多么英勇无敌，多么厚学博闻，多么风流倜傥，世界还是要以其巨大的神秘置你于无知无能的地位。

有一部电影，《恺撒大帝》。恺撒大帝威名远扬，可谓"几百年才出一个"。其中一个情节：他唯一倾心的女人身患重病，百般医药，千般祈告，终归不治。恺撒，这个意志从未遭遇过抗逆的君主，涕泪横流仰面苍天，一声暴喊："老天哪！把她还给我，恺撒求你了！"那一声喊让人魂惊魄动。他虽然仍不忘记他是恺撒，是帝王，说话一向不打折扣，但他分明是感到了一种比他更强大的力量，他以一生的威严与狂傲去垂首哀求，但是……结果当然简单——剧场灯亮，恺撒时代与电影时代相距千载，英雄美人早都在黑暗的宇宙中灰飞烟灭。

我也曾这样祈求过神明，在地坛的老墙下，双手合十，满心敬畏（其实是满心功利）。但神明不为所动。是呀，恺撒尚且哀告无功，我是谁？古园寂静，你甚至能感到神明在傲慢地看着你，以风的穿流，以云的变幻，以野草和老树的轻响，以天高地远和时间的均匀与漫长……你只有接受这傲慢的逼迫，曾经和现在都要接受，从那悠久的空寂中听出回答。

十三

　　有三类神。第一类自吹自擂好说瞎话，声称万能，其实扯淡，大水冲了龙王庙的事并不鲜见。第二类喜欢恶作剧，玩弄偶然性，让人找不着北。比如足球吧，世界杯赛，就是用上最好的大脑和电脑，也从未算准过最后的结局。所以那玩意儿可以大卖彩票。小小一方足球场，满打满算二十几口人，便有无限多的可能性让人料想不及，让人哭，让人笑，让翩翩绅士当众发疯，何况偌大一个人间呢。第三类神，才是博大的仁慈与绝对的完美。仁慈在于，只要你往前走，他总是给路。在神的字典里，行与路共用一种解释。完美呢，则要靠人的残缺来证明，靠人的向美向善的心愿证明。在人的字典里，神与完美共用一种解释。但是，向美向善的路是一条永远也走不完的路，你再怎样走吧，"月亮走我也走"，它也还是可望而不可即。

　　刘小枫先生在他的书里说过这样的意思：人与上帝之间有着永恒的距离。这很要紧。否则，信仰之神一旦变成尘世的权杖，希望的解释权一旦落到哪位强徒手中，就怕要惹祸了。

十四

唯一的问题是：向着哪一位神，祈祷？

说瞎话的一位当然不用再理他。

爱好偶然性的一位，有时候倒真是要请他出面保佑。事实上，任何无神论者也都免不了暗地里求他多多关照。但是，既然他喜欢的是偶然性而并不固定是谁，你最好就放明白些，不能一味地指靠他。

第三位才是可以信赖的。他把行与路做同一种解释，就是他保证了与你同在。路的没有尽头，便是他遥遥地总在前面，保佑着希望永不枯竭。他所以不能亲临俗世，在于他要在神界恪尽职守，以展开无限时空与无限的可能，在于他要把完美解释得不落俗套、无与伦比，不至于还俗成某位强人的名号。他总不能为解救某处具体的疾苦，而置那永恒的距离失去看管。所以，北京人王启明执意去纽约寻找天堂，真是难为他了。

十五

　　我寻找他已多年，因而有了一点儿体会：凡许诺实惠的，是第一位；有时取笑你，有时也可能帮你一把的是第二位；第三位则不在空间中，甚至也不在寻常的时间里，他只存在于你眺望他的一刻，在你体会了残缺去投奔完美、带着疑问但并不一定能够找到答案的那条路上。

　　因而想到，那也应该是文学的地址，诗神之所在，一切写作行为都该仰望的方向。奥斯威辛之后人们对诗产生了怀疑，但正是那样的怀疑吧，使人重新听见诗的消息。那样的怀疑之外，诗，以及一切托名文学的东西，都越来越不足信任。文学的心情一旦顺畅起来，就不大明白为什么一定要有它。说生活是最真实的，这话怎么好像什么也没说呢？大家都生活在生活里，这样的真实如果已经够了，文学干吗？说艺术源于生活，或者说文学也是生活，甚至说它们不要凌驾于生活之上，这些话都不易挑剔到近于浪费。布莱希特的"间离"说才是切中要害。艺术或文学，不要做成生活（哪怕是苦难生活）的侍从或帮腔，要像侦探，从任何流畅的秩序里听见磕磕绊绊的声音，在任何熟悉的地方看出陌生。

十六

写《务虚笔记》的时候，我忽然明白：凡我笔下人物的行为或心理，都是我自己也有的，某些已经露面，某些正蛰伏于可能性中伺机而动。所以，那长篇中的人物越来越互相混淆——因我的心路而混淆，又混淆成我的心路：善恶俱在。这不是从技巧出发。我在哪儿？一个人确切地存在于何处？除去你的所作所为，还存在于你的所思所欲之中。于是可以相信：凡你描写他人描写得（或指责他人指责得）准确——所谓一针见血，入木三分，惟妙惟肖——之处，你都可以沿着自己的理解或想象，在自己的心底找到类似的埋藏。真正的理解都难免是设身处地，善如此，恶亦如此，否则就不明白你何以能把别人看得那么透彻。作家绝不要相信自己是天命的教导员，作家应该贡献自己的迷途。读者也一样，在迷途面前都不要把自己洗得太干净，你以什么与之共鸣呢？可有谁一点儿都不体会丑恶所走过的路径吗？

这便是人人都需要忏悔的理由。发现他人之丑恶，等于发现了自己之丑恶的可能，因而是已经需要忏悔的时刻。这似乎有点过分，但其实又适合国情。

十七

眼下很有些宗教热的味道，至少宗教一词终于在中国摆脱了贬义，信佛、信道、信基督都可以堂堂正正，本来嘛。但有一个现象倒要深想：与此同时，经常听到的还是"挑战"，向着这个和向着那个，却很少听到"忏悔"。忏悔是要向着自己的。前些天听一位学者说，他在考证"文革"时期的暴力事件时发现，出头做证的只有当年的被打者，却没有打人的人站出来说点儿什么。只有蒙冤的往事，却无抚痛的忏悔，大约就只能是怨恨不断地克隆。缺乏忏悔意识，只好就把惨痛的经验归罪给历史，以为潇洒，以为豁达。好像历史是一只垃圾箱，把些谁也不愿意再沾惹的罪孽封装隐蔽，大家就都可以清洁。

忏悔意识，其实并非只是针对那些"文革"中打过人的人。辉煌的历史倘不是几个英雄所为，惨痛的历史也就不由几个歹徒承办。或许，那些打过人的人中，已知忏悔者倒要多些，至少他们的不敢站出来这一点已经说明了良心的沉重。倒是自以为与那段历史的黑暗无关者，良心总是轻松着——"笑话，我可有什么要忏悔？"但是，你可曾去制止过那些发生在你身边的暴行吗？尤其值得这样设想：要是那时以革命的名义把皮带塞进你手里，你敢于拒绝或敢于抗议的可能性有多大？这样一问，理直气壮的人肯定就会少下去，但轻松着的良心却很多，仍然很多，还在多起来。

十八

记得"文革"刚开始时，我曾和一群同学到清华园里去破过"四旧"，一路上春风浩荡落日辉煌，少年们满怀豪情。记不清是到了谁家了，总之是一位"反动学术权威"吧，到了人家的客厅里砸碎几只花瓶，又去人家的卧室里割破了两双尖皮鞋，然后便想不出再要怎样表现一腔忠勇。幸亏那时知识太少，否则就可能亲手毁灭一批文物，可见知识也并不担保善良。正当我们发现了那家主人的发型有阶级异己之嫌，高叫"剪刀何在"时，楼门内外传来了更为革命的呐喊："非红五类不许参加我们的行动！"这样，几个同学留下来继续革命，另几个怏怏离去。我在离去者中。一路上月影清疏晚风忧怨，少年们默然无语，开始注意到命运的全面脸色。

待暴力升级到拳脚与棍棒时，这几个不红不黑的少年已经明确自己的地位，只做旁观者了。我不敢反对，也想不好该不该反对，但知不能去反对，反对的效果必如牛反对拖犁和马反对拉车一般。我心里兼着恐惧、迷茫、沮丧，或者还有一些同情。恐惧与同情在于：有个被打的同学不过是因为隐瞒了出身，而我一直担心着自己的出身是否应该再往前推一辈，那样的话，我就正犯着同样的罪行。迷茫呢，说起来要复杂些：原来大家不都是相处得好好的吗，怎么就至于非这样不可？此其一。其二，你说打人不对，可敌人打我们就行，我们就该文质彬彬？伟大的教导可不是这样说的。其三，其实可笑——想想吧，什么是"我们"？我可是"我们"？我可在"我们"之列？我确实感觉到了那儿埋藏着一个怪圈。

十九

几年以后我去陕北插队。在山里放牛，青天黄土，崖陡沟深，思想倒可以不受拘束，忽然间就看清了那个把戏：我不是"我们"，我又不想是"他们"，算来我只能是"你们"。"你们"是不可以去打的，但也还不至于就去挨。"你们"是一种候补状态，有希望成为"我们"，但稍不留神也很容易就变成"他们"。这很关键，把越多的人放在这样的候补位置上，"我们"就越具权势，"他们"就越遭孤立，"你们"就越要乖乖的。

这逻辑再行推演就更令人胆寒："你们"若不靠拢"我们"，就是在接近"他们"；"你们"要是不能成为"我们"，"你们"还能总是"你们"？这逻辑贯彻到那副著名的对联里去时，黑色幽默便有了现实的中国版本。记得我站在高喊着那副对联的人群中间，手欲举而又怯，声欲放却忽收，于是手就举到一半，声音发得含含糊糊。"你们"要想是"我们"，"你们"就得承认"你们"

是混蛋，但是但是，"你们"既然是混蛋又怎能再是"我们"？那个越要乖乖的位置其实是终身制。

二十

我曾亲眼见一个人跳上台去，喊："我就是混蛋！"于是赢来一阵犹豫的掌声。是呀，该不该给一个混蛋喝彩呢？也许可以给一点吧，既然他已经在承认是蛋的一刻孵化成混。不过当时我的心里只有沮丧，感到前途无比暗淡。我想成为"我们"，死也不想是"他们"。所以我现在常想，那时要有人把皮带塞给我，说"现在到了你决定做'我们'还是做'他们'的时候了"，我会怎样？老实说，凭我的胆识，最好的情况也就是把那皮带攥出汗来，举而又怯，但终于不敢不抡下去的——在那一刻孵化成混。

二十一

大约就是从那时起，我非常地害怕了"我们"，有"我们"在轰鸣的地方我想都不如绕开走。倒不一定就是怕"我们"所指的那很多人，而是怕"我们"这个词，怕它所发散的符咒般的魔力，这魔力能使人昏头昏脑地渴望被它吞噬，像"肯德基家乡鸡"那样整整齐齐都排成一股味儿。我说过我不喜欢"立场"这个词，也是这个意思。"我们"和"立场"很容易演成魔法，强制个人的情感和思想。"文革"中的行暴者，无不是被这魔法所害——"我们"要坚定地是"我们"，"你们"要尽力变成"我们"，"我们"干吗？当然是对付"他们"。于是沟堑越挖越深，忠心越表越烈，勇猛而至暴行，理性崩塌，信仰沦为一场热病。

二十二

"上山下乡"已经三十年，这件事也可以更镇静地想一想了：对于那场运动，历史将记住什么？"老三届"们的记忆当然丰富，千般风流，万种惆怅，喜怒悲忧都是刻骨铭心。但是你去问吧，问一千个"老三届"，你就会听见一千种心情，你就会对"上山下乡"有一千种印象：豪情与沮丧，责任与失落，苦难与磨炼，忠勇与迷茫，深切怀念与不堪回首，悔与不悔……但历史大概不会记得那么详细，历史只会记住那是一次在"我们"的旗帜下对个人选择的强制。再过三十年，再过一百年，历史越往前走越会删除很多细节，使本质凸现：那是一次信仰的灾难。

　　并没有谁捆绑着我们去，但"我们"是一条更牢靠的绳子。一声令下，便树立起忠与不忠的标识。我那时倒没有很多革命的准备，也还来不及忧虑前途，既然大家都去，便以为是一次壮大的旅游或者探险，有些兴奋。也有人确是满怀了革命豪情，并且果然大有作为。但这就像包办婚姻，包办婚姻有时也能成全好事，但这种方法之下不顺心的人就多。我记得临行时车站上有很多哭声，绝非"满怀豪情"可以概括。

二十三

　　不过我现在也还是相信，贫困的乡村是需要知识青年的，需要科学，需要文化，需要人才。但不是捆绑的方法，不能把人才强行送过去，强行一旦得逞，信仰难保不是悲剧。很可能，人才被强行送过去的同时，强行本身也送过去了。贫困的乡村若因而成长起几个强徒，那祸害甚至不是科学能够抵挡的。

方法常常比目的还要紧。比如动物园里的狼，关在笼子里，写一块牌子挂上，说这是狼，可谁看了都说像狗。狼不是被饲养的，狼是满山遍野里跑的，把狼关在笼子里一养，世界上就有了狗。

二十四

直到有一年，奥运会上传来一阵歌声，遥远却又贴近：我们是世界，我们是孩子……这下才让我恍然而悟"我们"的位置，这个词原来是要这样用的呀，真是简单又漂亮！我迷上奥运会，要紧的原因其实在这儿。飘荡在宇宙中的万千心魂，苍茫之中终见一处光明，"我们是世界，我们是孩子"，于是牵连浮涌，聚去那里，聚去那声音的光照中。那便是皈依吧，不管你叫他什么，佛法还是上帝。

所以，"我们"的位置并不在与"他们"的对立之中，而在与神的对照之时。当然是指第三位神，即尽善尽美所发出的要求，所发出的审问，因而划出了现实的残缺，引导着对原罪的领悟，征求忏悔之心。这是神对人的关切，并没有行贿受贿的逻辑在里面，当然不是获取实惠的方便之门。

二十五

灵魂不死，是一个既没有被证实，也没有被证伪的猜想。而且，这猜想只可能被证实，不大可能被证伪。怎样证伪呢？除非灵魂从另一个世界里跳出来告密。

可是，却有一种强大的意志信誓旦旦地宣布：死即是绝对的寂灭，并无灵魂的继续，死了就什么都没了，唯此才是科学，相反的期待全属愚昧，是迷信。相信科学的人竟很少对此存疑，真是咄咄怪事。未被证伪而信其伪，与未被证实而信其实，到底怎么不一样？倘前者是科学，后者怎么就一定愚昧？莫非不能证明其有，便已经是证明其无了？这就更加奇怪，岂不等于是说一切猜想都是愚昧吗？可是，哪一样科学不是由猜想作为引导？

局面似乎不好收拾。首先，人出生了，便迟早要死，迟早会对死后的境况持一种态度。其次，死后无非那两种可能，并无第三类机会。最后，那两种可能无论你相信哪一种，都一样不好意思请科学来撑腰。

二十六

　　但猜想是必要的。猜想的意义并不一定要由证实来支持。相反，猜想支持着希望，支持着信心。一定要把猜想列为迷信，只好说，一律地铲除迷信倒不美妙。活着，不是仅仅有了科学就够。当然，装神弄鬼骗人钱财的，自封神明愚弄百姓的，理应铲除。但其所以要铲除，倒不是看它不科学，是看它不人道。原子弹很科学，也要铲除。一个人，身患绝症，科学已无能给他任何期待，他满心的坚强与泰然可是牵系于什么呢？地球早晚要毁灭，太阳也终于要冷下去，科学尚不知那时人类何去何从，可大家依然满怀豪情地准备活下去，又是靠着什么？靠着信心，靠着对未来并无凭据的猜想和希望。但这就是迷信吗？但这不能铲除。相反，谁要铲除这样的信心，甚或这样的迷信，倒不允许。先哲有言：科学需要证明，信仰并不需要。事实上，我们的前途一向都隐藏在神秘中，但我们从不放弃，不因为科学注定的局限而沮丧。那也就是说，科学并非我们唯一的依赖，甚至不是根本的依赖。

二十七

既然人死后，灵魂的有与无同样都拿不到证据（真是一件公平的事啊），又为什么会有泾渭分明的两种信奉，一种宁可信其有，另一种偏要宣布其无呢？依我想，关键在于接下来互不相同的推演。

信其有者的推演是：于是会有地狱，会有天堂，会有末日审判，总之善恶终归要有个结论。这大约就是有神论。不过，有神论对神的态度并不都一致，这是另外的话。

宣布其无者的推演是：当然就没有什么因果报应，没有地狱，没有天堂，也没有末日审判。此属无神论。但无神论也有着对神的描画，否则怎么断定其无呢？且其描画基本一致，即那是一种谁也没见过、也不可能见过，然而却束缚人，甚至威胁着人类自由的东西。"不，那根本是没有的！"

二十八

这其实就有点儿问题了：根本没有的东西如何威胁人？根本

没有，何至于这么着急上火地说它没有？显然是有点儿什么，不一定有形，但确乎在影响我们。并非看得见摸得着的东西才存在，你能撞见谁的梦吗？或者摸一摸谁的幻想？神，在被猜想之时诞生，在被描画的时候存在，在两种相反的信奉中同样施展其影响。

信其有者，为人的行为找到了终极评判乃至奖惩的可能，因而为人性找到了法律之外的监督。比如说警察照看不到的地方，恶念也有管束。当然，弄不好也会为专制者提供方便，强徒也会祭起神明。

信其无者则为人的为所欲为铺开坦途，看上去像是渴盼已久的自由终于降临，但种种恶念也随之解放，有恃无恐。但这也并不就能预防专制，乱世英雄大权独握，神俗都踩在脚下。

二十九

说白了，作恶者更倾向于灵魂的无。死即是一切的结束，恶行便告轻松。于此他们倒似乎勇敢，宁可承担起死后的虚无，但其实这里面掩藏着潜逃的颤栗，即对其所作所为不敢负责。这很像是蒙骗了裁判的犯规者，事后会宽慰有加地告诉你：比赛已经结束，录像并不算数。

人死后灵魂依然存在，是人类高贵的猜想，就像艺术，在科学无言以对的时候，在神秘难以洞穿的方向，以及在法律照顾不周的地方，为自己填写下美的志愿，为自己提出善的要求，为自己许下诚的诺言。

但是恶行出现了。恶行警觉地发现，若让那高贵的猜想包围，形势明显不妙。幸亏灵魂不死难于证实，这不是个好消息吗？恶行于是看中"证实"二字，慌不择路地拉扯上科学——什么好意思不好意思的——向那高贵的猜想发难。但是匆忙中它听差了，灵魂不死的难于证实并不见得对它是个好消息，那只是说，科学在这个问题上持弃权态度。科学明白：灵魂的问题从来就在信仰的领域，"证实"与"证伪"都是外行话。

三十

可什么是恶呢？有时候善意会做成坏事，歹念碰巧了竟符合义举。这样的时候善恶可怎么评断，灵魂又据何奖惩？以效果论吗，有法律在，其他标准最好都别插嘴。以动机论吗，可是除了自己，谁又吃得准谁一定是怎么想的？所以，良心的审判，注定的，审判者和被审判者都只能是自己。这就难了，自我的审判以什么做标准呢？除非是信仰！或者你心里早有着一种善恶标准，或者你就得费些思索去寻找它。这标准的高低姑且不论，但必超乎于法律之外，必非他人可以代劳，那是你自己的事，是灵魂独对神的倾诉、忏悔和讨教。这标准碰巧了也可能符合科学，但若不巧，你的烦忧恰恰是科学的盲区呢？便只好在思之所极的空茫处，为自己选择一种正义，树立一份信心。这选择与树立的发生，便可视为神的显现。这便是信仰了，无需实证却可以坚守。

善恶的标准，可以永久地增补、修正，可以像对待幸福那样，做永久的追寻。怕只怕人的心里不设这样的标准，拆除这样的信守，没有这样的法庭也不打算去寻找它，同时快乐地宣扬这才是人性的复归。

三十一

不过麻烦并没有完：倘那选择与树立完全由着自己说了算，事情岂不荒唐？岂不等于还是没有标准？岂不等于可以为所欲为、自做神明？一家一面旗，都说自己替天行道，冷战热战于是不亦乐乎，神明与神明的战争并不见得比群殴来得文明。

所以必有一个问题：神到底在哪儿？神到底负责什么事？

所以必有一种回答：神永远不是人，谁也别想冒充他。神拒绝"我们"，并不站在哪一家的战壕里。神，甚至是与所有的人都作对的——他从来都站在监督人性的位置上，逼人的目光永远看着你。在对人性恶的觉察中，在人的忏悔意识里，神显现。在人性去接近完美却发现永无终途的路上，才有神圣的朝拜。

三十二

"因果报应"还是靠近着谋略。善行义举，不为今生利禄，但求来世福报，这逻辑总还是疙里疙瘩地与撒旦的思想类似。倘来世未必就有福报呢，善行义举是不是随之就有疑问？那样的话，岂不仍是谋略？说得不好听，有点放长线钓大鱼的意思。这样的谋略潜移默化，很容易成为贿赂的参考——既然可以为来世的福报去阿谀神明，何以不能为今生的利禄去谄媚高官？

三十三

我听到过一种劝人为善的教导，说是做人不要怕吃亏，吃亏未尝不是好事。可接下来的逻辑让人迷惑：你今生吃多少亏，来世便得多少福，那个占了你便宜的人呢，来世便有多少苦。再往下听：你不妨多让别人占些便宜去，不要以为这不划算，其实是别人用他的福换走了你的苦。好家伙！原是劝人不要怕吃亏，怎么最后倒赚走了别人的福去？

三十四

气功，从一听说它我就相信。截断物欲的追逼，放弃人类的妄自尊大，回到与万物平等的地位，物我两忘，谛听自然神秘的脚步……我相信气功确有科学不可比及的力量。比如在现代医学束手无策的地方创造奇迹，比如在沉思默想中看见生命更深处的奥秘。还有一些听上去更近科学的功法，比如沟通宇宙信息，比如超越三维空间汲取更高级的能量，比如从更微观的世界中脱胎换骨，这些我都倾向于相信。甚至风水、符咒之类，大概也不是全无道理。世界之神秘，是人的智力永难穷尽的，没理由不相信奇迹的存在。

　　但若以奇迹论神明，就怕那神明还是说瞎话的一位。奇迹能把这人间照顾得周全吗？能改变这"人间戏剧"只留下幸运的角色吗？能使人间只有福乐，不存悲忧吗？要是不能，就算它上天入地擒风缚雨也并没有真正改变人的处境。神明一落到实惠，总难免捉襟见肘力不从心。人间呢，仍要有各类角色，大家还是得分工合作把所有的角色都承担起来。所谓奇迹，大概就像"宝葫芦的秘密"，把别人的好运偷来给你，差别守恒，无非角色调换一下位置拉倒。

三十五

　　看足球就像看人生。或看它是一场圣战，全部热情都在打败异己。或视之为一次信心的锤炼和精神狂欢，场地上演出的是坎坷人生的缩影，看台上唱诵的是对不屈的颂扬，是爱的祈盼。再是说，这火爆的游戏真是荒唐，执迷不悟，如痴如癫压根儿是一场错误，何如及早抽身脱离红尘，去投奔无苦无忧的极乐之地？

　　第三种态度常令我暗自踌躇。越是接近人生的终点，越是要想：这人间真的可爱吗？说可爱，太过简单，简单得像一句没有内容的套话，其实人人心底都有一幅更美好的图景。就连科学也已经看见，人的自命不凡已经把这个星球搞得多么乌烟瘴气，贪婪鼓舞着贪婪，纷争繁衍着纷争，说不定哪天冒出个狂人，一场细菌大战，人间戏剧忽然收场。也许人间真的是一场错误？也许，在某一种时空中真的存在着极乐？人是这样的渺小无知，人的智识之外，宇宙的神秘浩瀚无边，为什么肯定没有那样的地方？人不知其所在罢了，人却可能在来生去投靠它。这真是多么迷人的图景！于是正有很多这样的理想流行，天上人间，美妙超过以往的种种主义，种种法门汇成一句话：到那儿去吧，这儿已经无可留恋，这儿已是残山剩水，那儿才是你的梦中天堂。信与不信，常让我暗自踌躇。

三十六

单说遏制人类的贪婪吧，乐观的理由就少，悲观的根据越来越多。森林消失，草原沙化，河流干涸，海洋污染，天上破着个大窟窿而且越来越大，但人类还在热火朝天地敲榨和掠夺。这差不多已经成了习惯，真能遏制吗？令人怀疑。比如我，下了好大决心，也只抗拒了羊绒衫的诱惑——据说那东西破坏植被，但更多的诱惑只在理论上抗拒。人类也真是发明了很多好玩意儿，空调、汽车、飞机、化肥、农药、电脑……丰富得超过有用的商品、新奇得等于屠杀的美味、舒适得近似残废的生活……人能齐心协力放弃这样的舒适吗？还是让人怀疑。就算有九十九个人愿意放弃，但剩下一个人坚持，舒适的魔力就要扩散，就会有二、三、四、五、六……个人出来继承和发扬。

常能读到一些"现代主义"或者"后现代主义"的精彩理论，赞叹之余一走神儿，看见生活自有其不要命的步伐。魔法一旦把人套住，大概就只有"一直往前走，不要朝两边看"了。

三十七

设想有一处不同于人间的极乐之地，不该受到非难。但问题是，谁能洞开通向那儿的神秘之门？

这就又惹动了争夺。大师林立，功法纷纭，其实都说着同一句话：跟随我吧。到底应该跟随谁呢？这神秘的权力究竟是谁掌握着？无从分辨。似乎就看谁许下的福乐更彻底了。

既已许下福乐，便不愁没人着迷，于是又一场蜂拥，以当年眺望"主义"的热情去眺望另一维时空了——原来天堂并不在咱这地界，以往真是瞎忙。于是调离苦难的心情愈加急迫，然而天堂的门票像是有限，怎么办？那就只好谁先觉悟谁先去吧，至于那些拿不到门票的人嘛，实在是他们自己慧根不够、福缘浅薄，又怨得哪一个？

闹来闹去这逻辑其实又熟悉：为富不仁者对穷人不是也这么说吗——你自己无能，又怨得谁个？这逻辑也许并不都错，但这漠然无爱的境界不正是人间凶险的首要？记得佛门有一句伟大教诲：一人未得度，众生都未得度。佛祖有一句感人的誓言：我不下地狱谁下地狱？怎么到了一些自命的佛徒那里，竟变得与福利分房相似？——房源（或者福运）有限，机不可失，大家各显神通吧。

三十八

因此我大大地迷惑：就算那极乐之地确凿，就算我们来生确实有望被天堂接纳，但那可是凭着"先天下之乐而乐"的心情就能够去的吗？倘天堂之门也是偏袒着争抢之下的强者，天堂与人间可还有什么两样？好吧，退一步想，就算争抢着去的也就去了，但这漠然无爱的心情被带去天堂，天堂还会永远无忧吗？争抢的欲望，不会把那儿也搅得"群雄并起，天上大乱"？

所以我宁可还是相信，所谓天堂即是人的仰望，仰望使我们洗去污浊。所谓另一维时空，其实是指精神的一维，这一维并不与人间隔绝，而是与我们所在的这个世界重叠融会。

神秘的力量，毫无疑问是存在的。神秘，存在于冥冥之中。这其实很好，恰为人间的梦想与完善铺筑起无限的前途。但是，这无限既由神秘所辖，便不容凡人染指。原因简单：有限的凡人怎么可能通晓无限的神秘？神秘的商标一旦由凡人注册，就最值得大众担心——他掌握着神秘的权力啊，有什么疑问还敢跟他讨论？有什么不同意见还敢跟他较真儿？岂不又是"理解的执行，不理解的也要执行"了吗？

三十九

如果奇迹并不能改变这"人间戏剧"，苦难守恒，幸运之神无非做些调换角色的工作，众生还能求助于什么呢？只有相互携手，只有求助于爱吧。

这样说，明显已经迂腐，再要问爱是什么，更要惹得潇洒笑话。比如说爱情，潇洒曾屡次告诫过我们了：其实没有。有婚姻，有性欲，有搭伙过日子，哪有什么爱情？这又让迂腐糊涂：你到底是说什么没有，什么？迂腐真是给潇洒添乱——你要是说不出没有的是什么，你怎么断定它没有？你要是说出没有了什么，什么就已经有了。爱情本来是一种心愿，不能到街上看看就说没有。而没有这份心愿的人也不会说它没有，他们觉得婚姻和性欲已经就是了。

所以，"爱的奉献"这句话也不算很通顺。能够捐资，捐物，捐躯，可心愿是能够捐的吗？爱如果是你的心愿，爱已经使你受益，无论如何用不上大义凛然。

四十

在街市上我见过两只狗，隔着熙攘的人群，远远地它们已经互相发现，互相呼唤，眉目传情。待主人手上的绳索一松，它们就一个从东一个从西，钻过千百条人腿飞奔到一起，那样子就像电影中久别的情人一朝重逢，或历尽劫波的夫妻终于团聚。它们亲亲密密地偎依，耳鬓厮磨，窃窃地说些狗话。然后时候到了，主人喊了，主人"重利轻别离"，它们呢，仍旧情意缠绵，觉得时间怎么忽然走得这样快？主人过来抓住绳索，拍拍它们的脑门儿，告诉它们：你们是狗啊，要本分，要把你们的爱献给某一处三居室。它们于是各奔东西，"孔雀东南飞，五里一徘徊"，消失在人海苍茫之中，而且互相不知道地址。

我常想，这两只狗一定知道它们怀念的是什么，虽然它们说不出，抑或只因为我们听不懂。不过可以猜想：只身活在异类当中，周围全是语言难通的两足动物，孤独还能教它们怀念什么呢？只是我未及注意它们的性别，不知那是否仅仅出于性欲。

四十一

不管怎么说，给爱下定义是要惹上帝发笑的。不如先绕开它，换个角度，这样问：什么时候，你第一次感到了爱？或者是在什么样的时候，你感到了需要爱？

我常回想，那是在什么时候？什么样的时候？

那大约要追溯到上小学的时候，有个女孩儿，与我同年，她长得漂亮吗？但是我的目光总被她吸引，只要她在，我的注意力就总是去围绕她。最初发现她是在一次"六一"儿童节的庆祝会上，她朗诵一首诗，关于一个穷苦的黑人孩子的诗……会场中先还有些喧闹，但忽然喧闹声沉落下去，只剩下她的声音在会场中飘荡，清纯、稚气，但却微微地哽咽，灯光全部聚向她时，我看见她的眼边有泪光……从那以后我总想去接近她，但又总是远远地看她并不敢走去近前，甚至跟她说话也有自惭形秽之感，甚至连她的住处也让我想象迭出觉得神圣不可及。这是爱吗，爱的萌动？但这与性有多少关系呢？那女孩儿，现在想来真的不能算漂亮，身上一点女人的迹象也还没有。是什么触动了我呢？

四十二

如果那一次触动中其实有着懵懂的性因素，可同样的触动也曾来自一个男孩儿，他住在一座不同寻常的房子里，我在《务虚笔记》中写过那座房子。在《务虚笔记》中我借助对一个女孩儿的眺望，写过，我怎样走进了那座漂亮的房子，看见了里面的生活。那是一座在我当时看去不可思议的房子，和一种我想象不到的生活，在《务虚笔记》中我写到了我当时的感受。在走不尽的灰暗小街的缠缠绕绕之中，在寂寞的冬天的早晨，朦胧的阳光之下，那座房子明朗、清洁、幽静，仿佛置身世外。那里面的布设和主人们的举止，都高雅得让我惊诧，让我羡慕，让一个欲念初萌的孩子从头到脚弥漫开沉沉的自卑。我很快就感觉到了一种冷淡，和冷淡的威胁。不错，是自卑，我永远都看见那一刻，那一刻永不磨灭。那儿的人是否傲慢地说了什么并不重要，重要的是那自卑与生俱来，重要的是那冷淡的威胁其实是由自卑构筑，即使那儿的人没有任何傲慢的表示我也早就想逃跑了。《务虚笔记》中写的是：我想回家。我跑出了那座美丽的房子，我走在回家的路上，但是家——那一向等待着我的温暖之中，忽然掺进了一缕黯然。家，由于另一种生活的衬照，由于冷淡的威胁，竟也变得孤独堪怜。在《务虚笔记》中，我借助于画家 Z 的形象去看过我自己那时的心情……

四十三

自卑，历来送给人间两样东西：爱的期盼，与怨愤的积累。

我想，画家 Z 曾经得到的是后一种。我呢？我之所以能够想象他，想象他就是在那次回家的路上走进了怨愤，料必因为 Z 是我的一部分，至少曾经是这样。要征服那冷淡，要以某种姿态抵挡乃至压倒那冷淡的威胁，自卑于是积累起怨愤，怨愤再加倍地繁衍自卑——这就是画家 Z。相反，若是梦想着世间不再有那样的冷淡，梦想着，被那冷淡雕铸的怨愤终于消散，所有失望过和傲慢过的心灵都能够相互贴近，那就是爱的期盼。甚至纯真的心从不多看那冷淡一眼，唯热盼着与另外的心灵沟通，不屈不挠地等待，走遍一生去寻找，那就是爱的路程。在《务虚笔记》中，我借助诗人 L 、女教师 O 和 F 医生的身影，走进这样的梦想，借助于对他们的理解看见了我的另一种心情。

这两种心情似乎都是与生俱来，盘根错节同时都在我心里，此起彼伏，铺设成我的心路。别人也都是这样吗？我只知道，兼具这两种心情的我才是真实的我。我站在 Z 的脚印上，翘望 L 、O 和 F 的方向。我体会着 Z 的自卑，而神往于 L 、O 和 F 痴心不改的步伐。而且，越是 Z 的消息沉重，越是 L 、O 和 F 的消息明媚动人。我知道了，爱，原就是自卑弃暗投明的时刻。自卑，或者在自卑的洞穴里步步深陷，或者转身，在爱的路途上迎候解放。

四十四

不过自卑，也许开始得还要早些。开始于你第一次走出家门的时候。开始于你第一次步入人群，分辨出了自己和别人的时候。

开始于你离开母亲的偏袒和保护，独自面对他者的时候。开始于
这样的时候：你的意识醒来了，看见自己被局限在一个小小的
躯体中，而在自己之外世界是如此巨大，人群是如此庞杂，自己
仿佛囚徒。开始于这样的时候：在这纷纭的人间，自己简直无足
轻重，而这一切纷纭又都在你的欲望里，自己二字是如此不可逃
脱，不能轻弃。开始于这样的时候：你想走出这小小躯体的囚禁，
走向别人，盼望着生命在那儿得到回应，心魂从那儿连接进无比
巨大的存在，无限的时间因而不再是无限的冷漠……但是，别人
也有这样的愿望吗？在墙壁的那边，在表情后面，在语言深处，
别人，到底都是什么？对此你毫无把握。但囚徒们并不见得都想
越狱出监，囚徒中也会有告密者，轻蔑、猜疑和误解加固着牢笼
的坚壁，你热烈的心愿前途未卜，而一旦这心愿陷落，生命将是
多么孤苦无望，多么索然无味，荒诞不经。我能记起很多次这样
的经历。从幼年一直到现在，我有过很多次失望——可能我也让
别人有过这类失望——很多次深刻的失望其实都可以叫作失恋，
无论性别，因为在那之前的热盼正都是爱的情感：等待着他人的
到来，等待着另外的心魂，等待着自由的团聚。虽因年幼，这热
盼曾经懵然不知何名，但当有一天，爱的消息传来，我立刻认出
那就是它，毫无疑问一直都是它。

四十五

　　爱这个字，颇多歧义。母爱、父爱等等，说的多半是爱护。"爱牙日"也是说爱护。爱长辈，说的是尊敬，或者还有一点威吓之下的屈从。爱百姓，还是爱护，这算好的，不好时里面的意思就多了。爱哭，爱睡，爱流鼻涕，是说容易、控制不住。爱玩，爱笑，爱桑拿，爱汽车，说的是喜欢。"爱怎么着就怎么着"，是想的意思，随便你。"你爱死不死"，也是说请便，不过已经是恨了。

　　爱，与喜欢混淆得最严重。"我爱你"，可能是表达着一次真正的爱情，也可能只是好色之徒的口头禅，还可能是各有所图的一回交易。喜欢，好东西谁不喜欢？快乐的事谁不喜欢？没有理由谴责喜欢，但喜欢与爱的情感不同。爱的情感包括喜欢，包括爱护、尊敬和控制不住，除此之外还有最紧要的一项：敞开。互相敞开心魂，为爱所独具。这样的敞开，并不以性别为牵制，所谓推心置腹，所谓知己，所谓同心携手，是同性之间和异性之间都有的期待，是孤独的个人天定的倾向，是纷纭的人间贯穿始终的诱惑。

四十六

所以爱是一种心愿，不在街上和衣兜里，也不在储蓄所。睁着俩眼向外找，可以找到救济（包括性方面的救济），仅此而已。

爱却艰难，心魂的敞开甚至危险。他人也许正是你的地狱，那儿有心灵的伤疤结成的铠甲，有防御的目光铸成的刀剑，有语言排布的迷宫，有笑靥掩蔽的陷阱。在那后面，当然，仍有孤独的心在颤栗，仍有未息的对沟通的渴盼。你还是要去吗？不甘就范？那你可要谨慎，以孤胆去赌——他人即天堂，甚至以痛苦去偿你平生的夙愿。爱不比性的地方正在这里，性唯快乐，爱可没那么轻松。潇洒者早有警告：哥们儿你累不累？

四十七

爱情所以选中性作为表达，作为仪式，正是因为，性，以其极端的遮蔽状态和极端的敞开形式，符合了爱的要求。极端的遮蔽和极端的敞开，只要能表达这一点，不是性也可以，但恰恰是它，性于是走进爱的领地。没有什么比性更能体现这两种极端了，爱情所以看中它，正是要以心魂的敞开去敲碎心魂的遮蔽，爱情找到了它就像艺术家终于找到了一种形式，以期梦想可以清晰，可以确凿，可以不忘，尽管人生转眼即是百年。

但也正因为这样，性可以很方便地冒充爱情，正像满街假冒艺术的雕塑还少吗？如果仪式之后没有内容，如果敞开的只是肉体，肌肤相依而心魂依然森严壁垒，那最多不过还是"喜欢"和"控制不住"。（假冒的仪式越来越多，比如种种的宣誓，种种隆重的典礼和剪彩，比如荒诞可以成为时尚，真诚可以用作包装……）其实好色倒也是人情之常。红灯区如同公厕，利于卫生。只是这样无可厚非下去似乎文不对题——在美妙的肉体唾手可得的年代，心灵的孤独怎样了？爱怎样了？以及，性又随之怎样了呢？

性冷漠据说在蔓延，越是性解放的地方，性越是失去着激情。是性不应该解放吗？不，总把性压迫在罪恶的阴影下是要出事的。但也不宜被解放到无根无据的地步，倘其像吐痰一样毫无弦外之音，爱凭什么偏要对它情有独钟，偏要向它注入奔涌不息的能量呢？

四十八

爱之永恒的能量，在于人之间永恒的隔膜。爱之永远的激越，由于每一个"我"都是孤独。人不仅是被抛到这个世界上来的，而且是一个个分开着被抛来的。

在上帝那儿，在灵魂被囚进肉体之前，"一生二，二生三，三生万物"之初，并无我、你、他之分别，巨大的存在之消息浑然一体，无分彼此内外，浮摇漫展无所不在。然后人间诞生了，人间诞生了其实就是有限诞生了。巨大的存在之消息被分割进亿万个小小的肉体，小小的囚笼，亿万种欲望拥挤摩擦，相互冲突又相互吸引，纵横交错成为人间，总有一些在默默运转，总有一些在高声喊叫，总有一些黯然失色随波逐浪，总有一些光芒万丈彪炳风流，总有弱中弱，总有王中王——不管是以什么方式，不管是以什么标牌，不管是以刀枪、金钱还是话语……总归一样。尼采说对了：权力意志。所有的种子都想发芽，所有的萌芽都想长大，所有的思绪都要漫展，没有办法的事。把弱者都聚拢到一块儿去平安吧，弱者中会浮涌出强人。把强人都归堆到一块儿去平等呢，强人中会沉淀出弱者。把人一个个地都隔离开怎么样？又群起而不干。小时候，我们几个堂兄弟之间经常打架，奶奶就嚷："放在一块儿就打，分开一会儿又想！"奶奶看得明白，就这么回事。

四十九

说真的，我不大相信"话语霸权"之类的东西可能消灭，就像我也不大相信可以消灭人的贪婪。但消灭霸权和贪婪正在成为人的愿望，这就好，就像爱情，要紧的是心愿。我怀疑上帝是不是闷了，寂寞得不行，所以摆布一场反反复复的游戏？别管上帝的事吧。人呢，就像我和我的堂兄弟们一样，要紧的是相互想念，虽然打架。那巨大的存在之消息，因分割而冲突，因冲突而防备，因防备而疏离，疏离而至孤独，孤独于是渴望着相互敞开——这便是爱之不断的根源。

敞开，不是性的专利，性是受了爱的恩宠，所以生气勃勃。如果性已经冷漠，已经疲倦，已经泛滥到失去了倾诉的能力，那就让它仅仅去负责繁殖和潇洒。敞开，可以找到另外的仪式和路径，比如艺术，比如诗歌，比如戏剧和文学。不过文学这个词并不美妙，并不恰切，不如是写作，不如是倾诉和倾听，不如是梦幻、是神游。因为那从来就不是什么学问，本不该有什么规范，本不该去符合什么学理，本不必求取公认，那是天地间最自由的一片思绪呀，是有限的时空中响彻的无限呼唤。为此上帝也看重它，给它风采，给它浪漫，给它鬼魅与神奇，给它虚构的权力去敲碎现实的呆板，给它荒诞的逻辑以冲出这个既定的人间，总之给它一种机会，重归那巨大的存在之消息，浩浩荡荡万千心魂重新浑然一体，赢得上帝的游戏，破译上帝以斯芬克斯的名义设下的谜语。

五十

但这是可能的吗？迫使上帝放弃他的游戏，可能吗？放弃分割，放弃角色们的差异，让上帝结束他非凡的戏剧，这可能吗？那么喜欢热闹的上帝，又是那么精力旺盛、神通广大，让他重新回到无边的寂寞中去，他能干？要是他干，他曾经也就不必创造这个人间。喜好清静如佛者，也难免情系人间。我还是不能想象人人都成了佛的图景，人人都是一样，岂不万籁俱寂？人人都已圆满，生命再要投奔何方？那便连佛也不能有。佛乃觉悟，是一种思绪。一团圆满一片死寂，思之安附，悟从何来？所以有"烦恼即菩提"的箴言。

人间总是喧嚣，因而佛陀领导清静。人间总有污浊，所以上帝主张清洁。那是一条路啊！皈依无处。皈依并不在一个处所，皈依是在路上。分割的消息要重新联通，隔离的心魂要重新聚合，这样的路上才有天堂。这样的天堂有一个好处：不能争抢。你要去吗？好，上路就是。要上路吗？好，争抢无效，唯以爱的步伐。任何天堂的许诺，若非在路上，都难免刺激起争抢的欲望。不管是在九天之外，或是在异元时空，任何所谓天堂只要是许诺可以一劳永逸地到达，通向那儿的路上都会拥挤着贪婪。天堂是一条路，这就好了，永远是爱的步伐，又不担心会到达无穷的寂寞。上帝想必是早就看穿了这一点，所以把他的游戏摆弄个没完。佛陀谙熟此道，所以思之无极。谢天谢地，皈依是一种心情，一种行走的姿态。

五十一

爱是软弱的时刻，是求助于他者的心情，不是求助于他者的施予，是求助于他者的参加。爱，即分割之下的残缺向他者呼吁完整，或者竟是，向地狱要求天堂。爱所以艰难，常常落入窘境。

所以"爱的奉献"这句话奇怪。左腿怎么能送给右腿一个完整呢？只能是两条腿一起完整。此地狱怎么能向彼地狱奉献一个天堂呢？地狱的相互敞开，才可能朝向天堂。性可以奉献，爱却不能。爱就像语言，闻者不闻，言者还是哑巴。甘心于隔离地活着，唯爱和语言不需要。爱和语言意图一致——让智识走向心魂深处，让深处的孤独与惶然相互沟通，让冷漠的宇宙充满热情，让无限的神秘暴露无限的意义。巴别塔虽不成功，语言仍朝着通天的方向建造。这不是能够嘲笑的，连上帝也不能。人的处境是隔离，人的愿望是沟通，这两样都写在了上帝的剧本里。

五十二

可这有什么用吗？通常的嘲笑和迷惑就在这里：人不可能永

生，这一切又有什么用呢？爱有什么用？心魂的敞开有什么用？热情又有什么用呢？但，什么是有用？若仅仅做一种活物，衣食住行之外其实什么都可以取消。然而，乖张如人者偏不安守这样的地位，好事如上帝者偏不允许这样的寂寞，无限膨胀的宇宙偏偏孕育出一种不衰的热情。先哲有言："人是一堆无用的热情。"人即热情，这热情并不派什么别的用场。人就是飘荡在宇宙中的热情消息，就是这宇宙之热情的体现，或者，唯宇宙之热情称为人。若问"热情何用"，等于是问"人何用"，等于问"宇宙何用""无用何用"。从必死的角度看，衣食住行又有何用？不如早早结束这一场荒诞。说人就是为了活着，也对，衣食住行是为了活着，梦想也是，倘发狠去死，一切真都是何必？但是，说人只是为了活着，意思就大不一样，丰衣足食地关在监狱里如何？

五十三

但是死，那么容易吗？我是说，谁能让"无用的热情"死去？谁能让宇宙的热情的消息飘散？谁能用一瓶安眠药让世界永远睡去？

宇宙这只花瓶是一只打不烂的魔瓶，它总能够自我修复，保持完整，热情此消彼长永不衰减。人间这出戏剧是只杀不死的九头鸟，一代代角色隐退，又一代代角色登台，仍然七情六欲，仍然悲欢离合，仍然是探索而至神秘、欲知而终于知不知，各种消息都在流传，万古不废。

五十四

　　这也许荒诞。荒诞如果难逃，哀叹荒诞岂不更是荒诞！荒诞如果难逃，自然而然会有一种猜想：或许这人间真的不过是一座炼狱？我们是来服刑的，我们是来反省和锻炼的，是来接受再教育的（改造客观世界的同时改造主观世界）。下放与下凡异曲同工。迷信和神话中常有这类说法：天神有罪，被谴人间，譬如猪八戒。天神何罪？多半都是"天蓬元帅"一般受了红尘的引诱。好吧，你就去红尘走一遭，在肉体的牢笼中再加深一回对苦难的理解。贾宝玉和孙悟空这一对女娲的弃物，也都是走了这条路，不过比八戒多着自愿的成分。

　　这样的猜想让人长舒一口气，仿佛西绪福斯的路终于可以有头，终有一天可以放假回家万事大吉，但细想这未必美妙，彻底的圆满只不过是彻底的无路可走。

五十五

经过电子游戏厅，看见痴迷又疲惫的玩客，仿佛是见了人间的模型。变幻莫测的游戏是红尘的引诱，一台台电脑即姓名各异的肉身。你去品尝红尘，要先具肉身——哪一样快乐不是经由它传递？带上足够的本金去吧，让欲望把定一台电脑，灵魂就算附体了，你就算是投了胎，五光十色的屏幕一亮你已经落生人间。孩子们哭闹着想进游戏厅，多像一块块假宝玉要去做"红楼梦"。欲望一头扎进电脑，多像灵魂钻进了肉身？按动键盘吧，学会入世的规矩。熟练指法吧，摸清谋生的门道。谢谢电脑，这奇妙的肉身为实现欲望接通了种种机会——你想做英雄吗？这儿有战争。想当领袖吗？这儿有社会。想成为智者？好，这儿有迷宫。要发财这儿有银行可抢。要拈花惹草这儿有些黄色的东西您看够不够？要赌博？咳呀那还用说，这儿的一切都是赌博。

你玩得如醉如痴，噼里啪啦到噼里啪啦，到本金告罄，到游戏厅打烊，到老眼昏花，直到游戏日新月异踏过你残老的身体，这时似乎才想起点别的什么。什么呢？好像与快乐的必然结束有关。

荒诞感袭来是件好事，省得说"瞎问那么多有什么用"。其实应该祝愿潇洒从头至尾都不遭遇荒诞的盘查，可这事谁也做不了主，荒诞并非没有疏漏，但并不单单放过潇洒。而且你不能拒绝它：拒绝盘查，实际已经被盘查。

五十六

怕死的心理各式各样。作恶者怕地狱当真。行善者怕天堂有诈。潇洒担心万一来世运气不好，潇洒何以为继？英雄豪杰，照理说早都置生死于度外，可一想到宏图伟业忽而回零，心情也不好。总而言之，死之可怕，是因为毕竟谁也摸不清死要把我们带去哪儿。

然而人什么都可能躲过，唯死不可逃脱。

可话说回来，天地间的热情岂能寂灭？上帝的游戏哪有终止？宇宙膨胀不歇，轰轰烈烈的消息总要传达。人便是这生生不息的传达，便是这热情的载体，便是残缺朝向圆满的迁徙，便是圆满不可抵达的困惑和与之同来的思与悟，便是这永无终途的欲望。所以一切尘世之名都可以磨灭，而"我"不死。

五十七

"我"在哪儿？在一个个躯体里，在与他人的交流里，在对世界的思考与梦想里，在对一棵小草的察看和对神秘的猜想里，在对过去的回忆、对未来的眺望、在终于不能不与神的交谈之中。

正如浪与水。我写过：浪是水，浪消失了，水还在。浪是水的形式，水的消息，是水的欲望和表达。浪活着，是水，浪死了，还是水。水是浪的根据，浪的归宿，水是浪的无穷与永恒。

所有的消息都在流传，各种各样的角色一个不少，唯时代的装束不同，尘世的姓名有变。每一个人都是一种消息的传达与继续，所有的消息连接起来，便是历史，便是宇宙不灭的热情。一个人就像一个脑细胞，沟通起来就有了思想，储存起来就有了传统。在这人间的图书馆或信息库里，所有的消息都死过，所有的消息都活着，往日在等待另一些"我"来继续，那样便有了未来。死不过是某一个信号的中断，它"轻轻地走"，正如它还会"轻轻地来"。更换一台机器吧——有时候不得不这样，但把消息拷贝下来，重新安装进新的生命，继续，和继续的继续。

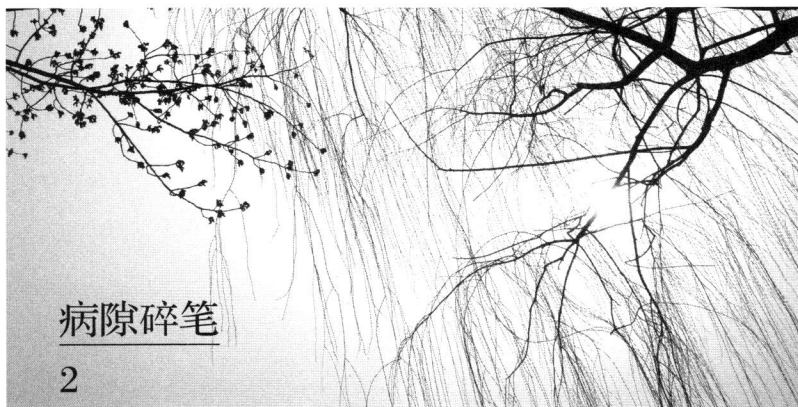

病隙碎笔

2

Shi Tiesheng

人可以走向天堂，不可以走到天堂。走向，意味着彼岸的成立。走到，岂非彼岸的消失？彼岸的消失即信仰的终结、拯救的放弃。因而天堂不是一处空间，不是一种物质性存在，而是道路，是精神的恒途。

一

　　我是史铁生——很小的时候我就觉得这话有点怪，好像我除了是我还可以是别的什么。这感觉一直不能消灭，独处时尤为挥之不去，终于想懂：史铁生是别人眼中的我，我并非全是史铁生。

　　多数情况下，我被史铁生减化和美化着。减化在所难免。美化或出于他人的善意，或出于我的伪装，还可能出于某种文体的积习——中国人喜爱赞歌。因而史铁生以外，还有着更为丰富、更为浑沌的我。这样的我，连我也常看他是个谜团。我肯定他在，但要把他全部捉拿归案却非易事。总之，他远非坐在轮椅上、边缘清晰齐整的那一个中年男人。白昼有一种魔力，常使人为了一个姓名的牵挂而拘谨、犹豫，甚至于慌不择路。一俟白昼的魔法遁去，夜的自由到来，姓名脱落为一张扁平的画皮，剩下的东西才渐渐与我重合，虽似朦胧缥缈了，却真实起来。这无论对于独处，还是对于写作，都是必要的心理环境。

二

我的第一位堂兄出生时，有位粗通阴阳的亲戚算得这一年五行缺铁，所以史家这一辈男性的名中都跟着有了一个"铁"字。堂兄弟们现在都活得健康，唯我七病八歪终于还是缺铁，每日口服针注，勉强保持住铁的入耗平衡。好在"铁"之后父母为我选择了"生"字，当初一定也未经意，现在看看倒像是我屡病不死的保佑。

此名俗极，全中国的"铁生"怕没有几十万？笔墨谋生之后，有了再取个雅名的机会，但想想，单一副雅皮倒怕不伦不类，内里是什么终归还是什么，多一事不如少一事。有个老同学对我说过：初闻此名未见此人时，料"铁生"者必赤膊秃头。我问他，可曾认得一个这样的铁生？不，他说这想象毫无根据煞是离奇。我却明白：赤膊秃头是粗鲁和愚顽常有的形象。我当时心就一惊：至少让他说对一半！粗鲁若嫌不足，愚顽是一定不折不扣的。一惊之时尚在年少，不敢说已有自知之明，但潜意识不受束缚，一针见血什么都看得清楚。

三

　　铁，一种浑然未炼之物。隔了四十八年回头看去，这铁生真是把人性中可能的愚顽都备齐了来的，贪、嗔、痴一样不少，骨子里的蛮横并怯懦，好虚荣，要面子，以及不懂装懂，因而有时就难免狡猾，如是之类随便点上几样不怕他会没有。

　　不过这一个铁生，最根本的性质我看是两条，一为自卑（怕），二为欲念横生（要）。谁先谁后似不分明，细想，还是要在前面，要而唯恐不得，怕便深重。譬如，想得到某女之青睐，却担心没有相应的本事，自卑即从中来。当然，此一铁生并不早熟到一落生就专注了异性，但确乎一睁眼就看见了异己。他想要一棵树的影子，要不到手。他想要母亲永不离开，却遭到断喝。他希望众人都对他喝彩，但众人视他为一粒尘埃。我看着史铁生幼时的照片，常于心底酿出一股冷笑：将来有他的罪受。

四

说真的他不能算笨，有着上等的理解力和下等的记忆力（评价电脑的优劣通常也是看这两项指标），这样综合起来，他的智商正是中等——我保证没有低估，也不想夸大。

记忆力低下可能与他是喝豆浆而非喝牛奶长大的有关。我小时候不仅喝不起很多牛奶，而且不爱喝牛奶，牛奶好不容易买来了可我偏要喝豆浆。卖豆浆的是个麻子老头，他表示过喜欢我。倘所有的孩子都像我一样爱喝豆浆，我想那老头一定更要喜欢。

说不定记忆力不好的孩子长大了适合写一点小说和散文之类。倒不是说他一定就写得好，而是说，干别的大半更糟。记忆力不好的孩子偏要学数学，学化学，学外语，肯定是自找没趣，这跟偏要喝豆浆不一样。幸好，写小说写散文并不严格地要求记忆，记忆模糊着倒赢得印象、气氛、直觉、梦想和寻觅，于是乎利于虚构，利于神游，缺点是也利于胡说白道。

五

散文是什么？我的意见是：没法说它是什么，只可能说它不是什么。因此它存在于一切有定论的事物之外，准确说，是存在于一切事物的定论之外。在白昼筹谋已定的种种规则笼罩不到的地方，若仍漂泊着一些无家可归的思绪，那大半就是散文了——写出来是，不写出来也是。但它不是收容所，它一旦被收容成某种规范，它便是什么了。可它的本色在于不是什么，就是说它从不停留，唯行走是其家园。它终于走到哪儿去谁也说不清。我甚至有个近乎促狭的意见：一篇文章，如果你认不出它是什么（文体），它就是散文。譬如你有些文思，不知该把它弄成史诗还是做成广告，你就把它写成散文。可是，倘有一天，人们夸奖你写的是纯正的散文，那你可要小心，它恐怕是又走进某种定论之内了。

小说呢？依我看小说走到今天，只比散文更多着虚构。

六

我其实未必合适当作家，只不过命运把我弄到这一条（近似的）路上来了。左右苍茫时，总也得有条路走，这路又不能再用腿去蹚，便用笔去找。而这样的找，后来发现利于此一铁生，利于世间一颗最为躁动的心走向宁静。

我的写作因此与文学关系疏浅，或者竟是无关也可能。我只是走得不明不白，不由得唠叨；走得孤单寂寞，四下里张望；走得触目惊心，便向着不知所终的方向祈祷。我仅仅算一个写作者吧，与任何"学"都不沾边。学，是挺讲究的东西，尤其需要公认。数学、哲学、美学，还有文学，都不是打打闹闹的事。写作不然，没那么多规矩，痴人说梦也可，捕风捉影也行，满腹狐疑终无所归都能算数。当然，文责自负。

七

写作救了史铁生和我，要不这辈子干什么去呢？当然也可以干点别的，比如画彩蛋，我画过，实在是不喜欢。我喜欢体育，喜欢足球、篮球、田径、爬山，喜欢到荒野里去看看野兽，但这对于史铁生都已不可能。写作为生是一件被逼无奈的事。开始时我这样劝他：你死也就死了，你写也就写了，你就走一步说一步吧。这样，居然挣到了一些钱，还有了一点名声。这个愚顽的铁生，从未纯洁到不喜欢这两样东西，况且钱可以供养"沉重的肉身"，名则用以支持住孱弱的虚荣。待他孱弱的心渐渐强壮了些的时候，我确实看见了名的荒唐一面，不过也别过河拆桥，我记得在我们最绝望的时候它伸出过善良的手。

我的写作说到底是为谋生。但分出几个层面，先为衣食住行，然后不够了，看见价值和虚荣，然后又不够了，却看见荒唐。荒唐就够了吗？所以被送上这不见终点的路。

八

史铁生和我，最大的缺点是有时候不由得撒谎。好在我们还有一个最大的优点：诚实。这不矛盾。我们从不同时撒谎。我撒谎的时候他会悄悄地在我心上拧一把，他撒谎的时候我也以相似的方式通知他。我们都不是不撒谎的人。我们都不是没有撒过谎的人。我们都不是能够保证不再撒谎的人。但我们都会因为对方的撒谎而恼怒，因为对方的指责而羞愧。恼怒和羞愧，有时弄得我们寝食难安，半夜起来互相埋怨。

公开的诚实当然最好，但这对于我们，眼下还难做到。那就退而求其次——保持私下的诚实，这样至少可以把自己看得清楚。把自己看看清楚也许是首要的。但是，真能把自己看清楚吗？至少我们有此强烈的愿望。我是谁？以及史铁生到底何物？一直是我们所关注的。

公开的诚实为什么困难？史铁生和我之间的诚实何以要容易些？我们一致相信，这里面肯定有着曲折并有趣的逻辑。

九

一个欲望横生如史铁生者，适合由命运给他些打击，比如截瘫，比如尿毒症，还有失学、失业、失恋等等。这么多年我渐渐看清了这个人，若非如此，料他也是白活。若非如此他会去干什么呢？我倒也说不准，不过我料他难免去些火爆的场合跟着起哄。他那颗不甘寂寞的心我是了解的。他会东一头西一头撞得找不着北，他会患得患失总也不能如意，然后，以"生不逢时"一类的大话来开脱自己和折磨自己。不是说火爆就一定不好，我是说那样的地方不适合他，那样的地方或要凭真才实学，或要有强大的意志，天生的潇洒，我知道他没有，我知道他其实不行可心里又不见得会服气，所以我终于看清：此人最好由命运提前给他一点颜色看看，以防不可救药。不过呢，有一弊也有一利，欲望横生也自有其好处，否则各样打击一来，没了活气也是麻烦。抱屈多年，一朝醒悟：上帝对史铁生和我并没有做错什么。

十

我想，上帝为人性写下的最本质的两条密码是：残疾与爱情。残疾即残缺、限制、阻障……是属物的，是现实。爱情属灵，是梦想，是对美满的祈盼，是无边无限的，尤其是冲破边与限的可能，是残缺的补救。每一个人，每一代人，人间所有的故事，千差万别，千变万化，但究其底蕴终会露出这两种消息。现实与梦想，理性与激情，肉身与精神，以及战争与和平，科学与艺术，命运与信仰，怨恨与宽容，困苦与欢乐……大凡前项，终难免暴露残缺，或说局限，因而补以后项，后项则一律指向爱的前途。

就说史铁生和我吧，这么多年了，他以其残疾的现实可是没少连累我。我本来是想百米跑上个九秒七，跳高跳他个两米五，然后也去登一回珠穆朗玛峰的，可这一个铁生拖了我的后腿，先天不足后天也不足，这倒好，别人还以为我是个好吹牛的。事情到此为止也就罢了，可他竟忽然不走，继而不尿，弄得我总得跟他一起去医院"透析"——把浑身的血都弄出来洗，洗干净了再装回去，过不了三天又得重来一回。可不是麻烦吗！但又有什么办法？末了儿还得我来说服他，这个吧那个吧，白天黑夜的我可真没少费话，这么着他才算答应活下来，并于某年某月某日忽然对我说他要写作。好哇，写呗。什么文学呀，挨不上！写了半天，其实就是我没日没夜跟他说的那些个话。当然他也对我说些话，这几十年我们就是这么你一言我一语地说过来的，要不然这日子可真没法过。说着说着，也闹不清是从哪天起他终于信了：地狱和天堂都在人间，即残疾与爱情，即原罪与拯救。

十一

人可以走向天堂，不可以走到天堂。走向，意味着彼岸的成立。走到，岂非彼岸的消失？彼岸的消失即信仰的终结、拯救的放弃。因而天堂不是一处空间，不是一种物质性存在，而是道路，是精神的恒途。

物质性（譬如肉身）永远是一种限制。走到（无论哪儿）之到，必仍是一种限制，否则何以言到？限制不能拯救限制，好比"瞎子不能指引瞎子"。天堂是什么？正是与这物质性限制的对峙，是有限的此岸对彼岸的无限眺望。谁若能够证明另一种时空，证明某一处无论多么美好的物质性"天堂"可以到达，谁就应该也能够证明另一种限制。另一种限制于是呼唤着另一种彼岸。因而，在限制与眺望、此岸与彼岸之间，拯救依然是精神的恒途。

这是不是说天堂不能成立？是不是说"走向天堂"是一种欺骗？我想，物质性天堂注定难为，而精神的天堂恰于走向中成立，永远的限制是其永远成立的依据。形象地说：设若你果真到了天堂，然后呢？然后，无所眺望或另有眺望都证明到达之地并非圆满，而你若永远地走向它，你便随时都在它的光照之中。

十二

残疾与爱情，这两种消息，在史铁生的命运里特别地得到强调。对于此一生性愚顽的人，我说过，这样强调是恰当的。我只是没想到，史铁生在四十岁以后也慢慢看懂了这件事。

这两种消息几乎同时到来，都在他二十一岁那年。

一个满心准备迎接爱情的人，好没影儿的先迎来了残疾——无论怎么说，这一招是够损的。我不信有谁能不惊慌，不哭泣。况且那并不是一次光荣行为的后果，那是一个极为普通的事件，普通得就好像一觉醒来，看看天，天还是蓝的，看看地，地也并未塌陷，可是一举步，形势不大对头——您与地球的关系发生了一点儿变化。是的，您不能再以脚掌而是要以屁股，要不就以全身，与它摩擦。不错，第一是坐着，第二是躺着，第三是死。好了，就这么定了，不再需要什么理由。我庆幸他很快就发现了问题的要点：没有理由！你没犯什么错误，谁也没犯什么错误，你用不着悔改，也用不上怨恨。让风给你说一声"对不起"吗？而且将来你还会知道：上帝也没有错误，从来没有。

十三

残疾，就这么来了，从此不走。其实哪里是刚刚来呀，你一出生它跟着就到了，你之不能（不只是不能走）全是它的业绩呀，这一次不过是强调一下罢了。对某一铁生而言是这样，对所有的人来说也是这样，人所不能者，即是限制，即是残疾，它从来就没有离开过。

它如影随形地一直跟着我们，徘徊千古而不去，它是不是有话要说？

它首先想说的大约是：残疾之最根本的困苦到底在哪儿？

还以史铁生所遭遇的为例：不，它不疼，也不痒，并没有很重的生理痛苦，它只是给行动带来些不方便，但只要你接受了轮椅（或者拐杖和假肢、盲杖和盲文、手语和唇读），你一样可以活着，可以找点事做，可以到平坦的路面上去逛逛。但是，这只证明了活着，活成了什么还不一定。像一头勤勤恳恳的老黄牛，像风摧不死沙打不枯的一棵什么草，几十年如一日地运转就像一块表……我怀疑，这类形容肯定是对人的恭维吗？人，不是比牛、树和机器都要高级很多吗？"栗子味儿的白薯"算得夸奖，"白薯味儿的栗子"难道不是昏话？

人，不能光是活着，不能光是以其高明的生产力和非凡的忍受力为荣。比如说，活着，却没有爱情，你以为如何？当爱情被诗之歌之，被看得比生命还重要的时候（生命诚可贵，爱情价更高），却有一些人活在爱情之外，这怎么说？而且，这样的"之外"竟常常被看作正当，被默认，了不起是在叹息之后把问题推给命运。所以，这样的"之外"，指的就不是尚未进入，而是不能进入，或者不宜进入。"不能"和"不宜"并不写在纸上，有时写在脸上，更多的是写在心里。常常是写在别人心里，不过有时也可悲到写进了自己的心里。

十四

我记得，当爱情到来之时，此一铁生双腿已残，他是多么渴望爱情啊，可我却亲手把"不能进入"写进了他心里。事实上史铁生和我又开始了互相埋怨，睡不安寝食不甘味，他说能，我说不能，我说能，他又说不能。糟心的是，说不能的一方常似凛然大义，说能的一对难兄难弟却像心怀鬼胎。不过，大凡这样的争执，终归是鬼胎战胜大义，假以时日，结果应该是很明白的。风能不战胜云吗？山能堵死河吗？现在结果不是出来了？——史铁生娶妻无子活得也算惬意。但那时候不行，那时候真他娘见鬼了，总觉着自己的一片真情是对他人的坑害，坑害一个倒也罢了，但那光景就像女士们的长袜跳丝，经经纬纬互相牵连，一坑就是一大片，这是关键："不能"写满了四周！这便是残疾最根本的困苦。

十五

这不见得是应该忍耐的、狭隘又渺小的困苦。失去爱情权利的人，其人的权利难免遭受全面的损害，正如爱情被贬抑的年代，人的权利普遍受到了威胁。

说残疾人首要的问题是就业，这话大可推敲。就业，若仅仅是为活命，就看不出为什么一定比救济好；所以比救济好，在于它表明残疾人一样有工作的权利。既是权利，就没有哪样是次要的。一种权利若被忽视，其他权利为什么肯定有保障？倘其权利止于工作，那又未必是人的特征，牛和马呢？设若认为残疾人可以（或应该，或不得不）在爱情之外活着，为什么不可能退一步再退一步认为他们也可以在教室之外、体育场之外、电影院之外、各种公共领域之外……而终于在全面的人的权利和尊严之外活着呢？

是的是的，有时候是不得不这样，身体健全者有时候也一样是不得不呀，一生未得美满爱情者并不只是残疾人啊！好了，这是又一个关键：一个未得奖牌的人，和一个无权参赛的人，有什么不一样吗？

十六

可是且慢。说了半天，到底谁说了残疾人没有爱情的权利呢？

无论哪个铁生，也不能用一个虚假的前提支持他的论点吧！当然。不过，歧视，肯定公开地宣布吗？在公开宣布不容歧视的领域，肯定已经没有歧视了吗？还是相反，不容歧视的声音正是由于歧视的确在？

好吧，就算这样，可爱情的权利真值得这样突出地强调吗？

是的。那是因为，同样，这人间，也突出地强调着残疾。

残疾，并非残疾人所独有。残疾即残缺、限制、阻障。名为人者，已经是一种限制。肉身生来就是心灵的阻障，否则理想何由产生？残疾，并不仅仅限于肢体或器官，更由于心灵的压迫和损伤，譬如歧视。歧视也并不限于对残疾人，歧视到处都有。歧视的原因，在于人偏离了上帝之爱的价值，而一味地以人的社会功能去衡量，于是善恶树上的果实使人与人的差别醒目起来。荣耀与羞辱之下，心灵始而防范，继而疏离，终至孤单。心灵于是呻吟，同时也在呼唤。呼唤什么？比如，残疾人奥运会在呼唤什么？马丁·路德·金的梦想，在呼唤什么？都是要为残疾的肉身续上一个健全的心途，为隔离的灵魂开放一条爱的通路。残疾与爱情的消息总就是这样萦萦绕绕，不离不弃，无处不在。真正的进步，终归难以用生产率衡量，而非要以爱对残疾的救赎来评价不可。

但对残疾人爱情权利的歧视，却常常被默认，甚至被视为正当。这一心灵压迫的极例，或许是一种象征，一种警告，以被排除在爱情之外的苦痛和投奔爱情的不息梦想，时时处处解释着上帝的寓言。也许，上帝正是要以残疾的人来强调人的残疾，强调人的迷途和危境，强调爱的必须与神圣。

十七

残疾人的爱情所以遭受世俗的冷面，最沉重的一个原因，是性功能障碍。这是一个最公开的怀疑——所有人都在心里问：他们行吗？同时又是最隐秘的判决——无需任何听证与申辩，结论已经有了：他们不行。这公开和隐秘，不约而同都表现为无言，或苦笑与哀怜，而这正是最坚固的壁垒、最绝望的囚禁！残疾人于是乎很像卡夫卡笔下的一种人物，又很像陀思妥耶夫斯基地下室里的哭魂。

难言之隐未必都可一洗了之。史铁生和我，我们都有些固执，以为无言的坚壁终归还得靠言语来打破。依敝人愚见，世人所以相信残疾人一定性无能，原因有二。一是以为爱情仅仅是繁殖的附庸，你可以子孙满堂而不识爱为何物，却不可以比翼双飞终不下蛋。这对于适者生存的物种竞争，或属正当思路，可人类早已无此忧患，危险的倒是，无爱的同类会否相互欺压、仇视，不小心哪天玩响一颗原子弹，辛辛苦苦的进化在某一个傍晚突然倒退回零。二是缺乏想象力，认定了性爱仅仅是原始遗留的习俗，除了照本宣科地模仿繁殖，好歹再想不出还能有什么更美丽的作为，偶有创意又自非自责，生怕混同于淫乱。看似威赫逼人的那一团阴云，其实就这么点儿事。难言之隐一经说破，性爱从繁殖的束缚中解放出来，残疾人有什么性障碍可言？完全可能，在四面威逼之下，一颗孤苦的心更能听出性爱的箫音，于是奇思如涌、妙想纷呈把事情做得更加精彩。

十八

福柯在《疯癫与文明》一书中说："疯癫不是一种自然现象，而是一种文明产物。没有把这种现象说成疯癫并加以迫害的各种文化的历史，就不会有疯癫的历史。"这一关于疯癫的论说，依我看也适用于残疾，尤其适用于所谓残疾人的性障碍。肢体或器官的残损是一个生理问题，而残疾人（以及所有人）的性爱问题，根本都在文化。你一定可以从古今中外的种种性爱方式中，看出某种文化的胜迹，和某种文化的囚笼。比如说，玛格丽特·杜拉斯对性爱的描写，无论多么露骨，也不似西门庆那样脏。

性，何以会障碍？真让人想不通。你死了吗？

性在摆脱了繁殖的垄断之后，已经成长为一种语言，已经化身为心灵最重要的表达与祈告了。当然是表达爱愿。当然是祈告失散的心灵可以团圆。这样的欲望会因为生理的残疾而障碍吗？笑话！渴望着爱情的人你千万别信那一套！你要爱就要像一个痴情的恋人那样去爱，像一个忘死的梦者那样去爱，视他人之疑目如盏盏鬼火，大胆去走你的夜路。你一定能找到你的方式，一定能以你残损的身体表达你美丽的心愿，一定可以为爱的祈告创造出丰富多彩的乃至独领风流的性语言。史铁生和我，我们看不出为什么不能这样。也许，这样的能力，唯那无言的坚壁可以扼杀它，可以残废它。但也未必，其实只有残疾人自己的无言忍受、违心屈从才是其天敌。

残疾人以及所有的人，固然应该对艰难的生途说"是"，但要对那无言的坚壁说"不"，那无言的坚壁才是人性的残疾。福柯在同一部书中，开宗明义地引用了陀思妥耶夫斯基的一句话："人们不能用禁闭自己的邻人来确认自己神志健全。"而能够打破这禁闭的，能够揭穿这无形共谋的，是爱的祈告，是唤起生命的艺术灵感，是人之"诗意地栖居"。

十九

有人说过：性，从繁殖走向娱乐，是一种进步。但那大约只是动物的进步，说明此一门类族群兴旺已不愁绝种。若其再从娱乐走向艺术，那才能算是人的进步吧。

是艺术就要说话，不能摸摸索索地寻个乐子就完事。性的艺术，更是以一种非凡的语言在倾诉，在表达，在祈祷心灵深处的美景。或者，其实是这美景之非凡，使凡俗的肉身禀领了神采。当然，那美景如果仍然是物质的，你不妨就浑身珠光宝气地去行你的事吧。但那美景若是心灵的团聚，一切饰物就都多余，一切物界的标牌就仍是丑陋的遮蔽，是心灵隔离的后遗症。心灵团聚的时刻，你只要上帝给你的那份财富就够了：你有限的身形，和你破形而出的爱愿。你颤抖着、试着用你赤裸的身形去表达吧，那是一个雕塑家最纯正的材料，是诗人最本质的语言，是哲学最终的真理，是神的期待。不要害怕羞耻，也别相信淫荡，爱的领域里压根儿就没它们的汤喝。任何奇诡的性的言辞，一旦成为爱的表达，那便是魔鬼归顺了上帝的时刻……谴责者是因为自己尘缘未断。

什么是纯洁？我们不因肉身而不洁。我们不因有情而不洁。我不相信无情者可以爱。我倒常因为看见一些虚伪的标牌、媚态的包装和放大的凛然，而看见淫荡。淫荡不是别的，是把上帝寄存于人的财富挪作他用。

二十

但是，喂！这一位铁生，你不是在把爱和爱情混为一谈吧？你不是在把它们混淆之后，着意地夸大男女私情吧？

问我吗？我看不是。

而且谁也别吓唬人，别想再用人类之爱、民族之爱或祖国之爱一类的大词汇去湮灭通常所说的爱情。那样的时代，史铁生和我都经历过。是那样的时代把爱情贬为"男女私情"的。是那样的时代，使爱情一词沾染了贬义，使她无辜地背上了狭隘、猥琐一类的坏名声。套用一下陀思妥耶夫斯基的那句话吧：不能用贬低个人的爱愿来确认人类之爱的崇高。

完全没有不敬仰人类之爱（或曰：博爱）的意思，个人的爱情正在其中，也用不着混为一谈。如果个人的爱情可以被一个什么东西所贬低、所禁闭，那个东西就太可能无限地发育起来，终于有一天它什么事都敢干。此一铁生果然愚顽，他竟敢对一首旷古大作心存疑问——"生命诚可贵，爱情价更高。若为自由故，二者皆可抛。"疑问在于这后一抛。这一抛之后，自由到底还剩下什么？但愿所抛之物不是指爱情的权利或心中的爱愿，只是指一位具体的恋人，一桩预期的婚姻。但就算这样，我想也最好能有一种悲绝的心情，而不单是豪迈。不要抛得太流畅。应该有时间去想想那个被抛者的心情，当然，如果他（她）也同样豪迈，那算我多事。其实我对豪迈从来心存敬意，也相信个人有时候是要做出牺牲的。不过，这应该是当事人自己的选择，如果他宁愿不那么豪迈，他应该有理由怯懦。可是，"怯懦"一词已经又是圈套，它和"男女私情"一样，已经预设了贬抑或否定，而这贬抑和否定之下，自由已经丢失了理由（这大约就是话语霸权吧）。于是乎，自由岂不就成了一场魔术——放进去的是鸽子，飞出来的是老鹰？

二十一

这一个愚顽的人，常在暮色将临时独坐呆问：爱情既是这般美好，何以倒要赞誉它的止步于 1 对 1？为什么它不能推广为 1 对 2、对 3、对 4……以至 n 对 n，所有的人对所有的人？这时候我就围绕他，像四周的黑暗一样提醒他：对了，这就是理想，但别忘了现实。

现实是：心灵的隔离。

现实是人吃了善恶树上的果实，因而偏离了上帝之爱的角度，只去看重人的社会价值，肉身功能（力量、智商、漂亮、潇洒），以及物质的拥有。若非这样的现实，爱情本不必特别地受到赞美。倘博爱像空气一样均匀深厚，为什么要独独地赞美它的一部分呢？但这样的现实并未如愿消散，所以爱情脱颖而出，担负起爱的理想。它奋力地拓开一片晴空，一方净土，无论成败它相信它是一种必要的存在，一种象征，一路先锋。它以其在，表明了亘古的期愿不容废弃。

博爱是理想，而爱情，是这理想可期实现的部分。因此，爱情便有了超出其本身的意义，它就像上帝为广博之爱保留的火种，像在现实的强大包围下一个谛听神谕的时机，上帝以此危险性最小的 1 对 1 在引导着心灵的敞开，暗示人们：如果这仍不能使你们卸去心灵的铠甲，你们就只配永恒的惩罚。

那个愚顽的人甚至告诉我，他听出其中肯定这样的意思：这般美好的爱愿，没理由永远止步于 1 对 1——我不得不对他，以及对愚顽，刮目相看。

二十二

所以，残疾人（以及所有的残缺的人），怎能听任爱情权利的丢失？怎能让爱愿躲进荒漠？怎能用囚禁来解救囚禁，用无言来应答无言？

诚实的人你说话吧。用不着多么高深的理论来证明，让诚实直接说话就够了，在坦诚的言说之中爱自会呈现，被剥夺的权利就会回来。爱情，并不在伸手可得或不可得的地方，是期盼使它诞生，是言说使它存在，是信心使它不死，它完全可能是现实但它根本是理想啊，它在前面，它是未来。所以，说吧，并且重视这个说吧，如果白昼的语言已经枯朽，就用黑夜的梦语，用诗的性灵。

这很不现实，是吗？但无爱的现实你以为怎么样？

二十三

最近我看到一篇文章，标题竟是"生命的唯一要求是活着"。这话让我想了好久，怎么也不能同意。死着的东西不可以谓之生命，生命当然活着，活着而要求活着，等于是说活着就够了，不必有什么要求。倘有要求，"生命"就必大于"活着"，活着也就不是生命的唯一。

如果"活着"是指"活下去"的意思，那可是要特别地加以说明。"活着"和"活下去"不见得是一码事。"活着"而要发"活下去"的决心，料必是有什么使人难以活着的事情发生了。什么呢？显然不只是空气、水和营养之类的问题，因为在这儿"生命"

显然也不是指老鼠等等。比如说爱情和自由，没有，肯定还能活下去吗？当然，老鼠能，所以它只是"活着"，并不发"活下去"的决心，并不以为活着还有什么再需要强调的事。当生命二字指示为人的时候，要求就多了，岂止活着就够？说理想、追求都是身外之物——这个身，必只是生理之身，但生理之身是不写作的，没有理想和追求，也看不出何为身外之物。一旦看出身外与身内，生命就不单单是活着了。

而爱，作为理想，本来就不止于现实，甚至具有反抗现实的意味，正如诗，有诗人说过："诗是对生活的匡正。"

（我想，那篇文章的作者必是疏忽了"唯一"和"第一"的不同。若说生命的第一要求是活着，这话我看就没有疑问。）

二十四

但是反抗，并不简单，不是靠一份情绪和勇敢就够。弄不好，反抗是很强劲而且坚定了，但怨愤不仅咬伤自己，还吓跑了别人。

比如常听见这样的话：我们残疾人如何如何，他们健全人是不可能理解的。要是说"他们不曾理解"，这话虽不周全，但明确是在呼唤理解。真要是"不可能理解"，你说它干吗？说给谁听？说给"不可能理解"的人听，你傻啦？那么就是说给自己听。依史铁生和我的经验看，不断地这样说给自己听，用自我委屈酿制自我感动，那不会有别的结果，那只能是自我囚禁、自我戕害，并且让"不可能理解"的人眼睁睁地看着一个自虐者自虐而束手无策。

再比如，还经常会碰见这样的句式：我们残疾人是最（　　）的，因此我们残疾人其实是最（　　）的。第一个括号里，多半可以填上"艰难"和"坚强"，第二个括号里通常是"优秀"或与之相近的词。我的意思是，就算这是实情，话也最好让别人说。这不是狡猾。别人说更可能是尊重与理解，自己一说就变味——"最"都是你的，别人只有"次"。况且，你又对别人的艰难与优秀了解多少呢？

最令人不安的是，这样的话出自残疾人之口，竟会赢得掌声。这掌声值得仔细地听，那里面一定没有"看在残疾的分儿上"这句潜台词吗？要是一个健全人这样说，你觉得怎样？你会不会说这是自闭，自恋？可我们并不是要反抗别人呀，恰恰是反抗心灵的禁闭与隔离。

二十五

　　那掌声表达了提前的宽宥，提前到你以残疾的身份准备发言但还未发言的时候。甚至是提前的防御，生怕你脆弱的心以没有掌声为由继续繁衍"他们不可能理解"式的怨恨。但这其实是提前的轻蔑——你真能超越残疾，和大家平等地对话吗？糟糕的是，你不仅没能让这偏见遭受挫折，反给它提供了证据，没能动摇它反倒坚定着它。当人们对残疾愈发小心翼翼之时，你的反抗早已自投罗网。

　　这样的反抗使残疾扩散，从生理扩散到心理，从物界扩散进精神。这类病症的机理相当复杂，但可以给它一个简单的名称：残疾情结。这情结不单残疾人可以有，别的地方，人间的其他领域，也有。马丁·路德·金说："切莫用仇恨的苦酒来缓解热望自由的干渴。"我想他也是指的这类情结。以往的压迫、歧视、屈辱，所造成的最大遗患就是怨恨的蔓延，就是这"残疾情结"的蓄积，蓄积到湮灭理性，看异己全是敌人，以致左突右冲反使那罗网越收越紧。被压迫者，被歧视或被忽视的人，以及一切领域中弱势的一方，都不妨警惕一下这"残疾情结"的暗算，放弃自卑，同时放弃怨恨；其实这两点必然是同时放弃的，因为曾经，它们也是一齐出生的。

二十六

中国足球的所谓"恐韩症"，未必是恐惧韩国，而是恐惧再输给韩国，未必是恐惧韩国足球的实力，而是恐惧区区韩国若干年来（其足球）竟一直压着我们，恐惧这样的历史竟不结束，以及本世纪内难道还不能结束吗？这恐惧，已不单是足球的恐惧，简直成了民族和国家的心病。要我说，其实，是这心病造成和加重了足球的恐惧，或者是它们俩互相吓唬以致恶性循环。本来嘛，足球就是足球，哪堪如此重负！世界上那么多民族、国家，体育上必各具短长，输赢寻常事，哪至于就严重到了辜负人民和祖国？倘民族或祖国的神经竟这般敏感和脆弱，倒值得想一想，其中是否蓄积着"残疾情结"？

有位著名的教练曾在电视上说：我们踢足球，就是为了打败外国队！这样的目标与体育精神有着怎样的差距姑且不论，单这样的心理，决心（如赛前所宣称）就难免变成担心（如赛后所发现）。决心基于自信，尤其是相信自己有超越和完善自己的能力，把每一次比赛都看成这样的机会。（顺便说一句，我喜欢申花队"更进一步"的口号，不喜欢国安队的"永远争第一"。至少，"更进一步"没法弄虚作假，"争第一"的手段可是很多。）担心呢，原因就复杂，但肯定已经离开了对自己的把握；把握住自己，这还有什么可担心的吗？输了也可以是更进一步。要是把人民的厚望、祖国的荣誉，乃至历来的高傲和高傲不曾实现所留下的委屈一股脑儿都交给足球，谁心里也没底，不担心才怪。

　　说句公道话，教练和球员们的负担是太重了，重到不是他们可以承受的也不是他们应该承受的。别再说什么"爱国主义和政治思想抓得不够"了，这么多年，每一次失败都像重演，每一次教训都像复制，每一次电视台上沉痛的检讨都仿佛录像重播，莫非只有赢球那天才算政治思想抓够了？能不能从下一次来个彻底甚至过头的改变？比如说，不必期望下一次就能赢，只盼下一次能输他个漂亮！漂亮到底，对，明明已经出局也还是抱住漂亮不撒手！体育，原是要在模拟的困境中展现坚强、美丽的精神。爱国——毫无疑问，毫无疑问到用不着"主义"来加封，有吃饭主义吗？我不信有哪位教练或球员不爱祖国。但美丽的精神不更是荣誉？胆战心惊地去摸一把彩的心情，倒是把祖国轻看。

二十七

　　作家陈村说过：让中国人心理不平衡的事情有两件，一是世界杯总不能入围，二是诺贝尔文学奖总不能到手，这两件事弄得球迷和文人都有点魔魔道道。关于后一项，真是不大好再说什么了，要么是酸，要么是苦，甚至于辣，敬仰与渴望、菲薄与讥嘲也都表达过了，剩下的似乎只有闷闷不乐。

说一件真事：五六淑女闲聊，偶尔说起某一女大学生做了"三陪小姐"，不免嗤之以鼻。"一晚上挣好几百哪！"——嗤之以鼻。"一晚上挣好几千的也有！"——还是嗤之以鼻。有一位说："要是一晚上给你几十万呢？"这一回大家都沉默了一会儿，然后相视大笑。这刹那间的沉默颇具深意——潜意识总是诚实的。那么，做一次类推的设想，五六作家，说起各种文学奖，一致的意见是：艺术不是为了谁来拍拍你的后脑勺儿。此一奖——摇头。彼一奖——撇嘴。诺贝尔奖呢？——我总想，是不是也会有那么一瞬间的沉默以及随后的大笑？

几位淑女沉默之后的大笑令人钦佩，她们承认了几十万元的诱惑，承认自己有过哪怕是几秒钟的动摇，然后以大笑驱逐了诱惑，轻松坦然地确认了以往的信念。若非如此，沉默就可能隐隐地延长，延长至魔魔道道，酸甜苦辣就都要来了。

很难有绝对公正的评奖这谁都知道，何不实实在在把诺贝尔奖看作是几位瑞典老人对文学——包括中国文学——的关怀和好意？瑞典我去过一次，印象是：离中国真远呀。

二十八

残疾人中想写作的特别多。这是有道理的，残疾与写作天生有缘，写作，多是因为看见了人间的残缺，残疾人可谓是"近水楼台"。但还有一个原因不能躲闪：他们企望以此来得到社会承认，一方面是"价值实现"，还有更具体的作用，即改善自己的处境。这是事实。这没什么不好意思。他们和众人一道来到人间，却没有很多出路，上大学不能，进工厂不能，自学外语吗？又没人聘你当翻译，连爱情也对你一副冷面孔，而这恰好就帮你积累起万千感慨，感慨之余看见纸和笔都现成，他不写作谁写作？你又不是木头。以史铁生为例，我说过，他绝不是一个甘于寂寞的人，我记得他曾在某一条少为人知的小巷深处，一家街道工厂里，一边做工一边做过多少好梦，我知道是什么样的梦使他屡屡决心不死，是什么样的美景在前面引诱他，在后面推动他……总之，那个残疾的年轻人以为终有大功告成的一天，那时，生命就可以大步流星如入无人之境。他决心赌一把。就像歌中唱的：我拿青春赌明天。话当然并不说得这么直接，赌——多难听，但其实那歌词写得坦率，只可惜今天竟自信到这么流行。赌的心情，其实是很孱弱、很担惊受怕的，就像足球的从决心变成担心，它很容易离开写作的根本与自信，把自己变成别人，以自己的眼睛去放映别人的眼色，以自己的心魂去攀登别人的思想，用自己的脚去走别人的步。残疾，其最危险的一面，就

是太渴望被社会承认了，乃至太渴望被世界承认了，渴望之下又
走进残疾。

二十九

　　二十多年前，残疾人史铁生改变了几次主意之后，选中了写
作。当时我真不知这会把他带到哪儿去，就是说，连我都不知道
那终于会是一个陷阱还是一条出路。我们一起坐在地坛的老柏树
下，看天看地，听上帝一声不响。上帝他在等待。前途莫辨，我
只好由着史铁生的性子走。福祸未卜很像是赌徒的路，这一点由
他当时的迷茫可得确证。他把一切希望都押在了那上面，但一直
疑虑重重。比如说，按照传统的文学理论，像他这样寸步难行的
人怎么可能去深入生活？像他这么年轻的人，有多少故事值得一
写？像他这么几点儿年纪便与火热的生活断了交情的人，就算写
出个一章半节，也很快就要枯竭的吧，那时可怎么办？我记得他
真吓得够呛，哆嗦，理论们让他一身一身地冒汗——见过就要输
光的赌徒吗？就那样儿。他一把一把地赌着，尽力向那些理论靠
拢，尽力去外面拾捡生活，但已明显入不敷出，眼看难以为继。

　　他所以能够走过来，以及能在写作这条路上走下去，不谦虚

地说，幸亏有我。

我不像他那么拘泥。

就在赌徒史铁生一身一身地出汗之际，我开始从一旁看他，从四周看他，从远处甚至从天上看他，我发现这个人从头到脚都是疑问，从里到外根本一个谜团。我忽然明白了，我的写作有他这样一个原型差不多也就够用了，他身上聚集着人的所有麻烦。况且今生今世我注定是离不开他了，就算我想，我也无法摆脱他到我向往的地方去，譬如乡下，工厂，以及所有轰轰烈烈的地方。我甚至不得不通过他来看这个世界，不得不想他之所想，思他之所思，欲他之所欲。我优势于他的仅仅是：他若在人前假笑，我可以在他后面（里面）真哭——关键的是，我们可以在事后坦率地谈谈这他妈的到底怎么回事！谁的错儿？

三十

这么着，有一天他听从了我的劝告，欣羡的目光从外面收回来，调头向里了。对一个被四壁围困的人来说，这是个好兆头。里面比较清静（没有什么理论来干扰），比较坦率（说什么都行），但这清静与坦率之中并不失喧嚣与迷惑（往日并未消失，并且

"我从哪儿来？"），里面竟然比外面辽阔（心绪漫无边际），比外面自由（不妨碍别人），但这辽阔与自由终于还是通向不知，通向神秘（智力限制，以及"我到哪儿去，终于到哪儿去？"）。

设若你永远没有"我是谁"等等累人的问题，永远只是"我在故我玩儿"，你一生大约都会活得安逸，山是山，水是水，就像美丽的鹿群，把未来安排在今天之后，把往日交给饥饿的狮子。可一旦谁要是玩腻了，不小心这么一想——"我是谁"，好了，世界于是乎轰然膨胀，以至无边无际。我怀疑，人，原就是一群玩腻了的鹿。我怀疑宇宙的膨胀就是因为不小心这么一想。这么一想之后，山不仅是山，水不仅是水，我也不仅仅是我了——我势必就要连接起过去，连接起未来，连接起无穷无尽的别人，乃至天地万物。

史铁生呢？更甭提，我本来就不全是他。可这一回我大半是把他害了，否则他可以原原本本是一头鹿的。

可现在已是"这么一想"之后，鹿不鹿的都不再有什么实际意义。史铁生曾经使我成为一种限制，现在呢，"我是谁"的追问把我吹散开，飘落得到处都在，以至很难给我划定一个边缘，一条界线。但这不是我的消散，而恰是我的存在。谁都一样。任何角色莫不如此。比如说，要想克隆张三，那就不光要复制全部他的生理，还要复制全部他的心绪、经历、愚顽……最后终于会走到这一步：还要复制全部与他相关的人，以及与与他相关的人相关的人。这办得到吗？所以文学（小说）也办不到，虽然它叫嚷着要真实。所以小说抱紧着虚构。所以小说家把李四、王五、刘二……拆开了，该扔的扔，该留的留，放大、缩小、变形……以组（建构或塑造）成张三。舍此似别无他法，故此法无可争议。

三十一

但这一拆一组，最是不可轻看。这一拆一组由何而来？毫无疑问是由于作者，由于某一个我的所思所欲。但不是"我思故我在"，是我在故我思，我在故我拆、故我组、故我取舍变化，我以我在而使张三诞生。我在先于张三之在。我在大于张三之在，张三作为我的创想、我的思绪和梦境，而成为我的一部分。接下来用得上"我思故我在"了——因这一拆一组，我在已然有所更新，我有了新在。就是说，后张三之在的我在大于先张三之在的我在。那么也就是说，在不断发生着的这类拆、组、取舍、变化之中我不断地诞生着，不断地生长。

所以在《务虚笔记》中我说：我是我印象的一部分，我的全部印象才是我。那就是说：史铁生与张三类同，由于我对他的审视、不满、希望，以及他对我的限制等等，他成为我的一部分。我呢？我是包括张三、李四、某一铁生……在内的诸多部分的交织、交融、更新、再造。我经由光阴，经由山水，经由乡村和城市，同样我也经由别人，经由一切他者以及由之引生的思绪和梦想而走成了我。那路途中的一切，有些与我擦肩而过从此天各一方，有些便永久驻进我的心魂，雕琢我，塑造我，锤炼我，融入我而成为我。我原是不住的游魂，原是一路汇聚着的水流，浩瀚宇宙中一缕消息的传递，一个守法的公民并一个无羁无绊的梦。

三十二

所以我这样想：写作者，未必能够塑造出真实的他人（所谓血肉丰满、栩栩如生的人物），写作者只可能塑造真实的自己——前人也这样说过。

你靠什么来塑造他人？你只可能像我一样，以史铁生之心度他人之腹，以自己心中的阴暗去追查张三的阴暗，以自己心中的光明去拓展张三的光明，你只能以自己的血肉和心智去塑造。那么，与其说这是塑造，倒不如说是受造，与其说是写作者塑造了张三，莫如说是写作者经由张三而有了新在。这受造之途岂非更其真实？这真实不是依靠外在形象的完整，而是根据内在心魂的残缺，不是依靠故事的滴水不漏，也不是根据文学的大计方针，而是由于心魂的险径迷途。

　　文学，如果是暗含着种种操作或教导意图的学问（无论思想还是技巧，语言还是形式，以及为谁写和不为谁写式的立场培养），我看写作可不是，我希望写作可不要再是。写作，在我的希望中只是怀疑者的怀疑，寻觅者的寻觅，虽然也要借助种种技巧、语言和形式。那个愚钝的人赞成了我的意见，有一回史铁生说：写作不过是为心魂寻一条活路，要在汪洋中找到一条船。那一回月朗风清，算得上是酒逢知己，我们"对影成三人"简直有些互相欣赏了。寻觅者身后若留下一行踪迹，出版社看着好，拿去印成书也算多有一用。当然稿酬还是要领，合同不可不签，不然哪儿来的"花间一壶酒"？

　　我想，何妨就把"文学"与"写作"分开，文学留给作家，写作单让给一些不守规矩的寻觅者吧。文学或有其更为高深广大的使命，值得仰望，写作则可平易些个，无辜而落生斯世者，尤其生来长去还是不大通透的一类，都可以不管不顾地走一走这条路。没别的意思，只是说写作可以跟文学不一样，不必拿种种成习去勉强它；不一样就是不一样，上厕所也得弄清楚进哪边的门吧。

三十三

历来的小说，多是把成品（完整的人物、情节、故事等等）端出来给人看，而把它的生成过程隐藏起来，把作者隐藏起来，把徘徊于塑造与受造之间的那一缕游魂隐藏起来，枝枝杈杈都修剪齐整，残花败叶、踌躇和犹豫都打扫干净，以居高者的冷静从容把成品包扎好，推向前台。这固然不失为一种方法，此法之下好作品确也很多。但面对成品，我总觉意犹未尽。这感觉，从读者常会要求作者签名并好奇地总想看看作者的相貌这件事中，似乎找出了一点答案——那目光中恐怕不单是敬慕，更多的没准儿是怀疑，尤其对着所谓"灵魂工程师"，怀疑就更其深重。这让我想起一个笑话：某贵妇寿诞，有人奉上赞美诗，第一句"这个婆娘不是人"，众目惊瞠；第二句"九天神女下凡尘"，群颜转悦。我总看那读者的目光也是说着这两句话，不过每句后面都要改用问号。

我便想，那些隐藏和修剪掉的东西就此不见天日是否可惜？岂止可惜，也许竟是捡了芝麻丢了西瓜。那塑造与受造之中的犹豫、徘徊，是不是更有价值？拆、组、取舍之间，准定没有更玄妙动人的心流？但这些，在成品张三身上（以及成品故事之中）却已丢失。为了要个成品，一个个仿真人物、情节和一个完整的故事，就值得把这些最为真切，甚至是性命攸关的心流都扔掉？为一个居高从容的九天神女，就忍心让谁家的老祖宗不是人？

三十四

在创作意图背后，生命的路途要复杂得多。在由完整、好看、风格独具所指引的种种构思之间，还有着另外的存在。一些深隐的、细弱的、易于破碎但又是绵绵不绝的心的彷徨，在构思的缝隙中被遗漏了，被删除了。所以这样，通常的原因是它们不大适合于制造成品，它们不够引人，不够流畅，不完整，不够惊世骇俗，难以经受市场的挑剔。

听说已经有了（或终将会有）一种电脑软件，只要输入一些性格各异的人物，输入一个时代背景或生活环境，比如是战争，是疑案，是恋情，是寻宗问祖，行侠仗义……再输入一种风格，或惨烈悲壮，或情意缠绵，或野狐禅，或大团圆……好了，电脑自会据此编写出一个情节曲折的完整故事。要是你对这故事不甚满意，你就悠然地伸出一个手指，轻轻点一下某键，只听得电脑中"喊哩喀喳喊哩喀喳"地一阵运行，便又有一个迥异于前的故事扑面而来。如是者，可无穷尽。

这可真是了得！作家还有什么用？

但很可能这是件好事，在手和脑的运作败于种种软件之后，写作和文学便都要皈依心魂了。恰在脑（人脑或电脑）之聪颖所不及的领域，人之根本更其鲜明起来。唯绵绵心流天赋独具，仍可创作，仍可交流，仍可倾诉和倾听，可以进入一种崭新但其实古老的世界了。那是不避迷茫，不拒彷徨，不惜破碎，由那心流的追索而开拓出的疆域。就像绘画在摄影问世之后所迸发的神奇。

三十五

因此我向往着这样的写作——史铁生曾称之为"写作之夜"。当白昼的一切明智与迷障都消散了以后，黑夜要你用另一种眼睛看这世界。很可能是第五只眼睛，他不是外来者，也没有特异功能，他是对生命意义不肯放松的累人的眼睛。如果还有什么别的眼睛，尽可都排在他前面，总之这是最后的眼睛，是对白昼表示怀疑而对黑夜秉有期盼的眼睛。这样的写作或这样的眼睛，不看重成品，看重的是受造之中的那缕游魂，看重那游魂之种种可能的去向，看重那徘徊所携带的消息。因为，在这样的消息里，比如说，才能看见"我是谁"，才能看清一个人，一个犹豫、困惑的人，执拗的寻觅者而非潇洒的制作者；比如说我才有可能看看史铁生到底是什么，并由此对他的未来保持住兴趣和信心。

幸亏写作可以这样，否则他轮椅下的路早也就走完了。有很多人问过我：史铁生从二十岁上就困在屋子里，他哪儿来那么多可写的？借此机会我也算做出回答：白昼的清晰是有限的，黑夜却漫长，尤其那心流所遭遇的黑暗更是辽阔无边。

三十六

这条不大可能走完的路，大体是这样开始的——

有一回，我在平时最令此一铁生鄙视的人身上让他看见了自己，在他自以为纯洁之处让他看见了另外的东西。开头他自然是不愿承认。好吧，我说："你会不会嫉妒？"他很自信，说不会。我说，是吗？"那张三家比你家多了一只老鼠你为什么嫉妒？"他说："废话，我嫉妒他多一只老鼠干吗？"话音未落他笑了，说"这是圈套"。但这不是圈套。你知道什么可以嫉妒，什么不必嫉妒，这说明你很会嫉妒。我的意思是，凡你深有体会的东西你才能真正理解，凡你理解了的品质你才能恰切地贬斥它或赞美它，才能准确地描画它。笑话！他说："那么，写偷儿就一定得行窃，写杀人犯就一定要行凶吗？"但佛家有言：心既生恨，已动杀机。你不可能不体会那至于偷窃的贪欲，和那竟致杀戮的仇恨。这便是人性的复杂，这里面埋藏或蛰伏着命运的诸多可能。相反的情况也是一样，爱者之爱，恋者之恋，思者之思，绵绵心流并不都在白昼的确定性里，还在黑夜的可能性中，在那儿，网织成或开拓出你的存在，甚或你的现实。

三十七

还有一回，是在一出话剧散场之后，细雨蒙蒙，街上行人寥落，两旁店铺中的顾客也已稀疏，我的心绪尚不能从那剧中的悲情里走出来，便觉雨中的街灯、树影，以及因下雨而缓行的车辆都有些凄哀。这时，近旁一阵喧哗，原来是那剧中的几个演员，已经卸装，正说笑着与我擦身而过，红红绿绿的伞顶跳动着走远。我知道这是极其正当和正常的，每晚一场戏，你要他们总是沉在剧情里可怎么成？但这情景引动我的联想——前面，他们各自的家中，正都有一场怎样的"戏剧"在等候他们？所有散了戏的观众也是一样，正有千万种"戏剧"散布在这雨夜中，在等候他们，等候着连接起刚刚结束的这一种戏剧。黑夜均匀地铺展开去，所有的"戏剧"其实都在暗中互相关联，那将是怎样的关联啊！这关联本身令我痴迷，这关联本身岂非更是玄奥、辽阔、广大的存在？条条心流暗中汇合，以白昼所不能显明的方式和路径，汇合成另一种存在，汇合成夜的戏剧。那夜我很难入睡，我听见四周巨大无比的夜的寂静里，全是那深隐、细弱、易于破碎的万千心流在喧嚣，在聚会，在呼喊，在诉说，在走出白昼之必要的规则而进入黑夜之由衷的存在。

三十八

再有一回是在地坛——我多次写过的那座荒芜的古园（当然，现在它已经被修剪得整整齐齐够得上一个成品了）。我迎着落日，走在园墙下。那园墙历经数百年风雨早已是残损不堪，每一块青砖、每一条砖缝都可谓饱经沧桑，落日的光辉照耀着它们，落日和它们都很镇静，仿佛相约在其悠久旅程中的这一瞬间要看看我，看看这一个生性愚顽的孩子，等候此一铁生在此一时刻走过它们，或者竟是走进它们。我于是驻足。如梦如幻，我真似想起了这园墙被建造的年代。那样的年代里一定也有这样的时刻，太阳也是悬挂在那个地方，一样的红，一样的大，正徐徐沉落。一个砌墙的人，把这一铲灰摊平，把这一块砖敲实，一抬头，看见的也是这一幕风景。那个砌砖的人他是谁？有怎样的身世？他是否也恰好这样想过——几百年后，会不会有一个愚顽的人驻足于此，遥想某一个砌墙的人是谁？想自己是谁？想那时的戏剧与如今的戏剧是怎样越数百年之纷纭戏剧而相互关联？但很多动人的心流或命运早已遗漏殆尽，已经散失得不可收拾，被记录的历史不过一具毫无生气的尸骸。

三十九

历史可能顾不得那么多，但写作应该不这样。历史可由后人在未来的白昼中去考证，写作却是鲜活的生命在眼前的黑夜中问路。你可以不问，跟着感觉走，但你要问就必不能去问尸骸，而要去问心流。这大约就是克尔凯郭尔所说的"主观性真理"。他的意思是："在这些真理中，是不存在供人们建立其合法性以及使其合法的任何客观准则的，这些真理必须通过个体吸收、消化并反映在个体的决定和行动上。主观性真理不是几条知识，而是用来整理并催化知识的方法。这些真理不仅仅是关于外部世界的某些事实，而且也是发扬生命的难以捉摸、微妙莫测和不肯定性的依据。"

四十

难以捉摸、微妙莫测和不肯定性，这便是黑夜。但不是外部世界的黑夜，而是内在心流的黑夜。写作一向都在这样的黑夜中。从我们的知识（"客观性真理"）永远不可能穷尽外部世界的奥秘来看，我们其实永远都在主观世界中徘徊。而一切知识都只是在不断地证明着自身的残缺，它们越是广博高妙越是证明这残缺的永恒与深重，它们一再地超越便是一再地证明着自身的无效。一切谜团都在等待未来去解开，一切未来又都是在谜团面前等待（是啊，等待戈多）。所以我们的问路，既不可去问尸骸，又无法去问"戈多"。

但这并不证明人生的无望，那内在的徘徊终于会被逼迫出一种智慧——正如俄罗斯思想家弗兰克在其《生命的意义》中所说：生命的意义不是被给予的，而是被提出的。

我无法全面转述弗氏伟大精妙的思想，我只有向读者推荐他，并感谢刘小枫先生和徐凤林先生让这个只懂中文的铁生读到了他。我的简陋理解是：生命的意义本不在向外的寻取，而在向内的建立。那意义本非与生俱来，生理的人无缘与之相遇。那意义由精神所提出，也由精神去实现，那便是神性对人性的要求。这要求之下，曾消散于宇宙之无边的生命意义重又聚拢起来，迷失于命运之无常的生命意义重又聪慧起来，受困于人之残缺的生命意义终于看见了路。

四十一

说到人性，还要唠叨一句：人性解放，必定善哉？怕是未必。三寸金莲解放成大脚片子当然是好，但大脚就保证不受欺压吗？纳妾是过了景，但公款嫖娼却逢其时。"铁嘴儿""半仙儿"人人喊打，可造人为神的现代迷信并不绝迹。残疾人走进了奥运会，兴奋剂是否也就要走近残疾人了呢？人性中，原是包含着神性和魔性两种可能，浮士德先生总是在。

比如一切以商品、利润为号召的主义，谁也甭说谁，五十步恨百步而已。大家都看见了地球的衰危可谁肯后退一步？先下手的并不松手，后下手的更是一肚子冤屈，叫骂着"为富不仁"却加紧行其不仁之事。千年之"禧"全球火爆，偏与神约无关，下一个千年又能怎样？谈判之风像是不坏，可谁跟地球谈判？谁跟大气层谈判？神约既已放弃，人性更容易解放成魔性，或者是，魔性一经有了人性做招牌，靡非斯特宏图大展正是一路势如破竹了。

平均主义是谁也没法再夸它了，况且，也不太能想象这人间失去竞争会是怎样一种寂寞荒凉。但愚顽的人老是想：竞争干吗就不能朝着另一种方向？比如说竞争朴素，竞争自家的装修更趋自然节俭，大家的地球更加苗壮丰沛。各种主义冷争热战各执一词，加起来还是画地为牢，不能在现有的主义之外寻找新途吗？

四十二

愚顽的人多是这样说着说着就跑题，让人笑话：你这是做的什么梦？不过我总是忍不住相信，人原是为了梦想而来，原就是这么乘梦而来的。史铁生是什么？是我的一个具体的梦境。我呢，我是他无边的梦想。我们一向就是这么相依为命，至死方休啊。

我常在夜深人静之时问他：怎么样你觉着，活得还好吗？于是由生至死的这一路风光便依次展现，如同录像，你捏住遥控器，可以倒带看看开头，也可以快进先看看结尾，可以无论停在哪一段落再仔细瞧瞧。他握住我的右手，说："你的手真凉啊。"我握住他的左手："你的也是，你冷吗？"但这终归是他的问题，是截瘫和尿毒症的问题，肉身问题，是苦海、惩罚、原罪。

我的问题是，既入惩罚之地，此一铁生你怎么办？我给他的建议是：最好把惩罚之地看成锤炼之地。但既是锤炼之地，便又有了一个顺理成章的猜想——我曾经不在这里，我也并不止于这里，我是途经这里。途经这里，那么我究竟要到哪儿去，终于会到哪儿去呢？我不信能有一种没有过程的存在，因此我很有信心地说：我在路上。这就难免还有一问：如此辛辛苦苦，就是为了在路上吗？真是何苦，你干吗一定要来呀？于是又要想想我是怎么来的了。我说过，就像现在不能离开过去和未来而是现在一样，我也不能离开别人而是我，我不能离开天离开地离开万物万灵……离开一切他者而是我。那么我是怎么来的？我是从一切中来啊，我是由一切所孕育、所催生的一缕浪动的消息，微薄但是独具。这样的消息并不都是由我决定，但这样的消息不死不灭总是以"我"为名——不信去问所有的人好了，他们无不是以"我"的角度在行走，在迷茫，在领悟。可我又说过，这一颗心盼望着走向宁静。是呀，宁静，但不是空无。怎么可能有绝对的无呢？那不是空无那是我的原在！原在——前人用过这个词吗？恕我无知，倘前人不曾用过，我来解释一下它的意思——那即是神在，我赖以塑造和受造的最初之在。

四十三

我不断地眺望那最初之在：一方蓝天，一条小街，阳光中缥缈可闻的一缕钟声，于恐惧与好奇之中铺筑成无限。因而我看着他的背影，看他的心流一再进入黑夜，死也不是结束。只有一句话是他的保佑："看不见而信的人是有福的。"

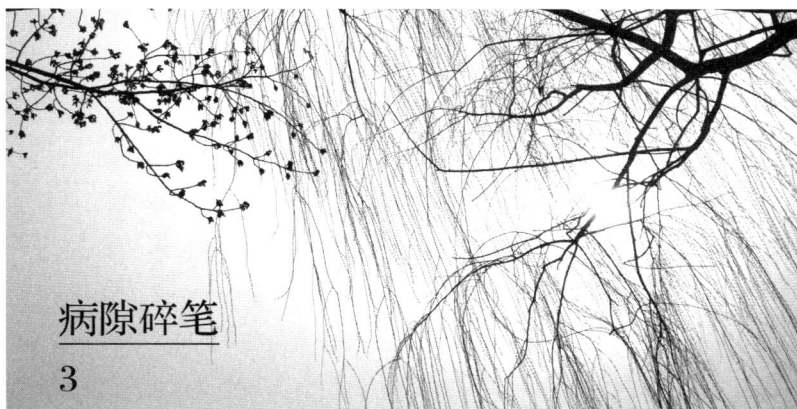

病隙碎笔

3

Shi Tiesheng

我们太看重了白昼，又太忽视着黑夜。生命，至少有一半是在黑夜中呀——夜深人静，心神仍在奔突和浪游。更因为，一个明确走在晴天朗照中的人，很可能正在心魂的黑暗与迷茫中挣扎，黑夜与白昼之比因而更其悬殊。

一

　　从网上读到一篇文章，说到中国孩子和美国孩子学画画之关心点的不同，中国孩子总是问老师"我画得像不像"，美国孩子则是问"我画得好不好"。

　　先说"像不像"。像什么呢？一是像老师的范本，二是像名家或传统的画路。我在电视上见过几个中国孩子比赛水墨画，看笔法都是要写意，但其实全有成规：小鸡是几笔都是几笔，小虾则一群与一群的队形完全一致，葫芦的叶子不仅数目相等并且位置也一样，而白菜的旁边总是配上两朵蘑菇……这哪里还有自己的意，全是别人的实呀！三是像真的。怎样的真呢？倘其写意也循成规，真，料必也只是流于外在的形吧。

　　再说"好不好"。根据什么说它好不好呢？根据外在的真，只能是像不像。好不好则必牵系着你的心愿，你的神游，神游阻断处你的犹豫和彷徨，以及现实的绝境给你的启示，以及梦想的不灭为你开启的无限可能性。这既是你的劫数也是你的自由，这样的舞蹈你能说它像什么吗？它什么也不像，前面没有什么可以让它像的东西，因而你只有问自己，乃至问天问地：这，好不好？

二

国画，越看越有些腻了。山水树木花鸟鱼虫，都很像，像真的，像前人，互相像，鉴赏家常也是这样告诉你：此乃袭承哪位大师、哪一门派。西画中这类情况也有。书法中这样的事尤其多，寿字、福字、龙虎二字，写来写去再也弄不出什么新意却还是写来写去，让人看了憋闷，觉得书者与观者的心情都被囚禁。

艺术，原是要在按部就班的实际中开出虚幻，开辟异在，开通自由，技法虽属重要但根本的期待是心魂的可能性。便是写实，也非照相。便是摄影，也并不看重外在的真。一旦艺术，都是要开放遐想与神游，且不宜搭乘已有的专线。

曾经我不大会看画，众人都说好，便追去看。贴近了看，退远了看，看得太快怕人说你干吗来，看得慢了又不知道看什么，看出像来暗自快慰，看着不像便怀疑人家是不是糊弄咱。后来，有一次，忽然之间我被震动了——并非因为那画面所显明的意义，而是因其不拘一格的构想所流露的不甘就范的心情。一俟有了这样的感受，那画面便活跃起来，扩展开去，使你不由得惊叹：原来还有这样的可能！于是你不单看见了一幅画，还看见了画者飞扬的激情，看见了一条渴望着创造的心迹，观者的心情也便跟随着不再拘泥一处，顿觉僵死的实际中处处都蕴藏着希望。

三

不过，倘奇诡、新异肯定就好，艺术又怕混淆于胡来。贬斥了半天"像"，回头一想，什么都不像行吗？换个角度说，你根据什么说 A 是艺术，B 是创作，而 C 是胡来？所谓"似与不似之间"，这"之间"若仅是画面上分寸的推敲，结果可能还是成规，或者又是胡来。这"之间"，必是由于心神的突围，才可望走到艺术的位置；可以离形，但不能失神，可以脱离实际沉于梦幻，却不可无所寻觅而单凭着手的自由。这就像爱与性的关系：爱中之性，多么奇诡也是诉说，而无爱之性再怎么像模像样儿也还是排泄。

什么都不像既然也不行，那又该像什么呢？像你的犹豫，像你的绝望，像你的不甘就范的心魂。但心魂的辽阔岂一个"像"字可以捕捉？所以还得是"好不好"；"好不好"是心魂在无可像处的寻觅。

四

中国观众，对戏剧，对表演，也多以"像不像"来评价。医生必须像医生，警察千万得像警察。可医生和警察，脱了衣裳谁像谁呢？脱了衣裳并且入梦，又是怎么个像法呢？（有一段相声说：梦，有俩人商量着做的吗？）像，唯在外表，心魂却从来多样。心魂，你说他应该像什么？只像他自己不好吗？只像他希望自己所是的那样，不好吗？可见，"像不像"的评价，还是对形的要求，对表层生活的关注，心魂的辽阔与埋藏倒被忽视。

所以中国的舞台上与中国的大街上总是很像。中国的演员，功夫多下在举手投足、一颦一笑的"像"上。中国观众的期待，更是被培养在这个"像"字上。于是，中国的艺术总是以"像"而赢得赞赏。极例是"文革"中的一个舞蹈《喜晒战备粮》：一群女孩儿不过都换了一身干净衣裳，跳到台上去筛一种想象中的谷物。筛来筛去，这我在农村见过，觉得真像，又觉得真没劲——早知如此，给我们村儿的女子们换身衣裳不得了？想来我们村儿的女子们倒更要活泼得多了。还有所谓的根雕，你看去吧，好好的天之造物，非得弄得像龙像凤，像鹰像鹤，偏就不见那根须本身的蓬勃与呼啸。还是一个"像"字作怪。"不肖子孙"所以是斥责，就因其不像祖宗，不按既定方针办。龙与鹤的意思都现成，像就是了，而自然的蓬勃与呼啸是要心魂参与创造的，而心魂一向都被忽视。

五

像字当头，艺术很容易流于技艺。用笔画，会的人太多，不能标榜特色总归是寂寞，就有人用木片画，用手指或舌头画，用气吹着墨液在纸上走。有个黄色笑话，说古时某才子善用其臀作画，蘸了墨液在纸上只一坐，像什么就不说了，但真是像。玩笑归玩笑，其实用什么画具都不要紧，远古无"荣宝斋"时，岩洞壁画依然动人魂魄。古人无规可循，所画之物也并不求像，但那是心魂的奔突与祈告，其牵魂的力量自难磨灭。我是说，心魂的路途远未走完，未必是工具已经不够使。

六

外在的"像"与"真",或也是艺术追求之一种,但若作为艺术的最高鉴定,尴尬的局面在所难免。比如,倘若真就是好,任何黄色的描写就都无由贬斥,任何乌七八糟的东西都能叫艺术,作者只要说一句"这多么真实",或者"我的生活真的是这样",你说什么?他反过来还要说你:"遮遮掩掩的你真是那样干吗?虚伪!"是呀,许你满台土语,就不许我通篇脏话?许你引车卖浆惟妙惟肖,就不许我鸾颠凤倒纤毫毕现?许你衣冠楚楚,倒不许我一丝不挂?你真还是我真?哎哎,确也如此——倘去实际中比真,你真比不过他。不过,若只求实际之真,艺术真也是多余。满街都是真,床上床下都是真,看去呗。可艺术何为?艺术是一切,这总说不通吧?那么,艺术之真不同于实际之真,应该是没有疑问的。

艺术是假吗?当然也不是。倒是满街的实际,可能有一半是假;床上床下的真,可能藏着假情假意,一丝不挂呢,就真的没有遮掩?而在这真假之间,心魂一旦感受到荒诞,感受到苦闷有如囚徒,便可能开辟另一种存在,寻觅另一种真了。这样的真,以及这样的开辟与寻觅本身,被称为艺术,应该是合适的。

七

说艺术之真有可能成为伪善的借口，成为掩盖实际之真的骗术，这可信。但因此就将实际之真作为艺术的最高追求，却不能接受。

"艺术源于生活"，我曾以为是一句废话——工农兵学商，可有哪一行不是源于生活吗？后来我明白，这当然不是废话，这话意在消解对实际生活的怀疑。

有位大诗人说过，"诗是对生活的匡正"。他不知道"匡正"也是源于生活？料必他是看出了"源于生活"要么是废话，要么就会囿于实际，使心魂萎缩。

粉饰生活的行为，倒更会推崇实际，拒斥心魂。因为，心魂才是自由的起点和凭证，是对不自由的洞察与抗议，它当然对粉饰不利。所以要强调艺术的不能与实际同流。艺术，乃"于无声处"之"惊雷"，是实际之外的崭新发生。

八

"匡正"，不单是针对着社会，更是针对着人性。自由，也不仅是对强权的反抗，更是对人性的质疑。文学因而不能止于干预实际生活，而探问心魂的迷茫和意义才更是它的本分。文学的求变无疑是正当，因为生活一直在变。但是，生命中可有什么不变的东西吗？这才是文学一向在询问和寻找的。日新月异的生活，只是为人提供了今非昔比的道具，马车变成汽车，蒲扇换成空调，而其亘古的梦想一直不变，上帝对人的期待一直不变。为使这梦想和期待不致被日益奇诡、奢靡的道具所湮灭，艺术这才出面。上帝就像出题的考官，不断变换生活的题面，看你是否还能从中找出生命的本义。

对于科学，后人不必重复前人，只需接过前人的成就，继往开来。生命的意义却似轮回，每个人都得从头寻找，唯在这寻找中才可能与前贤汇合，唯当走过林莽，走过激流，走过深渊，走过思悟一向的艰途，步上山巅之时你才能说继承。若在山腰止步，登峰之路岂不又被埋没？幸有世世代代不懈的攀登者，如西绪福斯一般重复着这样的攀登，才使梦想照耀了实际，才有信念一直缭绕于生活的上空。

九

不能把遮掩实际之真的骗术算在艺术之真的头上，就像不能把淫乱归在性欲名下。而实际之真阻断了心魂恣肆的情况，也是常有，比如婚内强奸也可导致生育，但爱情随之荒芜。

实际的真与否，有舆论和法律去调教，比如性骚扰的被处罚，性丑闻的被揭露，再比如拾金不昧的被表彰。但艺术之真是在信仰麾下，并不受实际牵制，它的好与不好就如爱情的成败，唯自作自受。一般来看，掩盖实际之真的骗术，多也依靠实际之假，或以实际的利益为引诱，哪有欺世盗名者希望大家心魂自由的呢？

黄色所以是黄色，只因其囿于器官的实际，心魂被快感淹没，不得伸展。倘非如此，心魂借助肉体而天而地，爱愿借助性欲而醑畅地表达，而虔诚地祈告，又何黄之有？一旦心魂驾驭了实际，或突围，或彷徨，或欢聚，你就自由地写吧，画吧，演吧，字还是那些字，形还是那些形，动作还是那些动作，意味却已大变——爱情之下怎么都是艺术，一黄不染。黄色，其实多么小气，而"金风（爱）玉露（性）一相逢，便胜却人间无数"！那是诗是歌是舞，是神的恩赐呀谁管得着？

其实，对黄色，也无需太多藏禁。那路东西谁都难免想看看，但正因其太过实际，生理书上早都写得明白，看看即入穷途。半遮半掩，倒是撩拨青少年。

十

我们太看重了白昼，又太忽视着黑夜。生命，至少有一半是在黑夜中呀——夜深人静，心神仍在奔突和浪游。更因为，一个明确走在晴天朗照中的人，很可能正在心魂的黑暗与迷茫中挣扎，黑夜与白昼之比因而更其悬殊。

这迷茫与挣扎，不是源于生活？但更是"匡正"，或"匡正"的可能。这就得把那个"像"字颠来倒去鞭打几回！因为，这黑夜，这迷茫与挣扎，正是由于无可像者和不想再像什么。这是必要的折磨，否则尽是"酷肖子孙"，千年一日将是何等无聊？连白娘子都不忍仙界的寂寞，"千年等一回"来寻这人间的多彩与真情。

十一

不能因为不像，就去谴责一部作品，而要看看那不像的外形是否正因有心魂在奔突，或那不像的传达是否已使心魂震动、惊醒。像，已经太腻人，而不像，可能正为生途开辟着新域。

"艺术高于生活"，似有些高高在上，轻慢了某些平凡的疾苦，让人不爱听。再说，这"高于"的方向和尺度由谁来制定呢？你说你高，我说我比你还高，他说我低，你说他其实更低，这便助长霸道，而霸道正是瞒与骗的基础。那就不如说"艺术异于生活"。"异"是自由，你可异，我亦可异，异与异仍可存异，唯异端的权利不被剥夺是普遍的原则。

不过，"异"主要是说，生理的活着基本相同，而心魂的眺望各有其异，物质的享受必趋实际，而心魂的眺望一向都在实际之外。但是，实际之外可能正是黑夜。黑夜的那边还有黑夜，黑夜的尽头呢？尽头者，必不是无，仍是黑夜，心魂的黑夜。人们习惯说光明在前面引领，可光明的前面正是黑夜的呼唤呀。现成的光明俯拾即是，你要嫌累就避开黑夜，甭排队也能领得一份光明，可那样的光明一定能照亮你的黑夜吗？唯心神的黑夜，才开出生命的广阔，才通向精神的家园，才是要麻烦艺术去照亮的地方。而偏好实际，常常湮灭了它。缺乏对心魂的关注，不仅限制了中国的艺术，也限制着中国人心魂的伸展。

十二

"普遍主义"很像"高于"，都是由一个自以为是的制高点发放通行证，强令排异，要求大家都与它同，此类"普遍"自然是得反对。但要看明白，这并不意味着天下人就没有共通点，天下事就没有普遍性。要活着，要安全，要自由表达，要维护自己独特的思与行……这有谁不愿意吗？因此就得想些办法来维护，这样的维护不需要普遍吗？对"反对普遍主义"之最愚蠢的理解，是以为你有你的实际，我有我的实际，因此谁想怎么干就怎么干吧。可是，日本鬼子据其实际要侵略你，行吗？村长据其实际想强奸某一村民，也不行吧？所以必得有一种普遍的遵守。

十三

语言也是这样，无论谈恋爱还是谈买卖，总是期望相互能听懂，你说你的我说我的就不如各自回家去睡觉。要是你听不懂我的我就骂人，就诉诸强迫，那便是霸道，是要普遍反对的。可是，反抗霸道若也被认为是霸道，事情就有些乱。为免其乱就得有法律，就得有普遍的遵守。然而又有问题：法律由谁来制定？只根据少数人（或国）的利益显然不对吧？所以就得保证所有的人（或国）都能自由发言。

说到保护民族语言的纯洁与独立，以防强势文化对它的侵蚀与泯灭，我倾向赞成，但也有些疑问。疑问之一：这纯洁与独立，只好以民族为单位吗？为什么不更扩大些或更缩小些？疑问之二：民族之间可能有霸道，民族之内就不可能有？民族之间可以恃强凌弱，一村一户中就不会发生同样的事？为什么不干脆说"保护个人的自由发言"呢？

本当是个人发言，关注普遍，不知怎么一弄，常常就变成了集体发言，却只看重一己了。只有个人自由，才有普遍利益，只因有普遍的遵守，才可能保障个人的自由，这道理多么简单。事实上，轻蔑个人自由的人，也都不屑于普遍的遵守，道理也简单：自由一普遍，霸字搁在哪儿？

十四

远来的和尚，原是要欣赏异地风俗，或为人类学等等采集标本，自然是希望着种类的多样，稀有种类尤其希望它保持原态，不见得都有闲心去想这标本中人是否活得煎熬，是否也图自由与发展？他们不想倒也罢了，标本中人若为取悦游僧和学者而甘做标本，倒把自己的愿望废置，把自己必要的变革丢弃，事情岂不荒唐？

十五

前不久，可能是在电视上也可能是在报纸上，见一位导演接受记者采访。记者问："有人说您的'中国特色'其实是迎合外国人的口味。"导演说："不，因为我表现的是人的普遍情感，所以外国人也能接受。"我便想：什么是普遍情感？这普遍是谁的统计？怎么统计的？其依据和目的都是什么？以及被这统计所排除、所遗漏的那些心魂应当怎样处置？尤其，这普遍怎么又成了特色？是什么人，会认此普遍为特色呢？是不是由市场判定的普遍？是不是由外国口味判定的中国特色？

一个创作者，敢说他表现的是普遍，这里面隐约已经有了一方"父母官"的影子。一个创作者，竟说他表现的是普遍，谦虚得又似过头，这岂非是说自己并无独到之见？一个创作者，至少要自以为有独特的发现，才会有创作的激情吧？普遍的情感满街都是，倘不能从中见出独具的心流，最多也只能算模仿生活。内在的新异已被小心地择出或粗心地忽略，一旦走上舞台和银幕，料必仍只是外在的像。这样的"创作"，我在想，其动力会是什么呢？不免还是想到了"迎合"，迎合市场，迎合"父母官"，迎合一种固有的优势话语，或者迎合别的什么。未必就是迎合大众，倒可能是麻醉大众。大众的心流原本是多么丰富，多么不拘，多么辽远，怎么迎合得过来？唯把他们麻醉到只认得一种戏路，只相信一种思绪配走上舞台或银幕，他们才可以随时随地被迎合。

所以我又想，是否正因为这堂而皇之的普遍，万千独具的心流所以被湮灭，以致中国特色倒要由外国人来判定？还有，为什么要以国为单位来配制特色？为什么不让每一缕心魂自然而然地表现其特色呢？

十六

别抱怨摆弄实际之真的所谓艺术总是捉襟见肘吧，那是必然。正因为实际走到了末路，艺术这才发生，若领着艺术再去膜拜实际，岂非鬼打墙？所以，艺术正如爱情，都是不能嫌累的事。心魂之域本无尽头，比如"诗意地栖居"可不是独享逍遥，而是永远地寻觅与投奔，并且总在黑夜中。

十七

要讲真话，勿瞒与骗，这是中国人普遍推崇的品质。可从来，有几人真能做得彻底，真能"知无不言，言无不尽"？（且莫苛求"言必行"吧。）倒是常听见这样的表白："有些话我不能讲，但我讲的保证都是真话。"说实在的，能如此也已经令人钦佩。扪心自问，我自己顶多也就这样。但这绝不是说我钦佩我自己，恰恰相反，用陕北话说：我这心里头害麻烦。翻译成北京话就是：糟心。有点儿像吸毒，自个儿也看不起自个儿，又戒不掉。软弱的自己看不起自己的软弱但还是软弱着，虚伪的自己看不起自己的虚伪却还是"有些话不能讲"——真真岂有此理！

岂有此理就完了吗？钦佩着勇敢者之余，软弱如我者想：岂有此理的深处就怕还藏着另外的道理，未必一副硬骨头就能包打天下。说真话、硬骨头、匕首与投枪，于虚伪自然是良药，但痼疾犹在，久不见轻，大概还是医路的问题。自古就有"文死谏"的倡导，意思也就是硬骨头、讲真话，可这品质世世代代一直都被倡导，或只被倡导，且有日趋金贵之势，岂不令人沮丧？怎么回事？中国人一向推崇的品质，怎么竟成了中国人越来越难得的高风亮节？

十八

　　说真话有什么错吗？当然没有，还能是说假话不成？但说真话就够了吗？这就又得看看：除了实际之真，心魂之真是否也有表达？是否也能表达？是否也提倡表达？是否这样的表达也被尊重？倘只白昼在表达，生命至少要减半。倘黑夜总就在黑夜中独行，或聋，或哑，或被斥为"不打粮食"，真，岂不是残疾着吗？比如两口子，若互相只言白昼，黑夜之浪动的心流或被视为无用，或被看作邪念，千万得互相藏好，那料必是要憋出毛病的。比如憋出猜疑和防备，猜疑和防备又难免流入白昼，实际之真也就要打折扣了。这还不要紧，只要黑夜健在，娜拉大不了是个出走。但黑夜要是一口气憋死，实际被实际所囚禁，艺术和爱情和一切就都只好由着白昼去豢养、去叫卖了。失去黑夜的白昼，失去匡正的生活，什么假不能炒成真？什么阴暗不能标榜为圣洁？什么荒唐事不能煽得人落泪？于是，什么真也就都可能沦落到"我不能说"了。

十九

听说有一位导演，在反驳别人的批评时说："不管怎么说，反正我是让观众落了泪。"反驳当然是你的权利，但这样的反驳很无力，让人落泪就一定是好艺术吗？让人哭，让人笑，让人咬牙切齿、捶胸顿足，都太容易，不见得非劳驾艺术不可。而真正的好艺术，真正的心路艰难，未必都有上述效果。

我听一位批评家朋友说过一件事：他去看一出话剧，事先掖了手绢在兜里，预备哭和笑，然而整个演出过程中他哭不出也笑不出，全场唯鸦雀无声。直到剧终，掌声虽也持久，但却犹豫。直到戏散，鱼贯而出的人群仍然没有什么热烈的表示，大家默默地走路，看天，或对视。我那朋友干脆找个没人的地方坐下来发呆。他说这戏真好。他没说真像。他说看戏的人中有说真好的，有说不好的，但没见有谁说真像或者不像。他说，无论说真好的还是说不好的，神情都似有些愕然，加上天黑，他说他在那没人的地方坐了很久，心里仍然是一片愕然，以往的批评手段似乎都要作废，他说他看见了生命本身的疑难。这戏我没看。

二十

我看过一篇报告文学，讲一个叛徒的身世。这人的弟弟是个很有名望的革命者。兄弟俩早年先后参加了革命，说起来他还是弟弟的引路人，弟弟是在他的鼓动下才投身革命的。其实他跟弟弟一样对早年的选择终生无悔，即便是在他屈服于敌人的暴力之时，即便是在他饱受屈辱的后半生中，他也仍于心中默默坚守着当初的信奉。然而弟弟是受人爱戴的人，他却成了叛徒。如此天壤之别，细究因由其实简单：他怕死，怕酷刑的折磨，弟弟不怕。当然，还在于，他不幸被敌人抓去了，弟弟没这么倒霉。就是说，弟弟的不怕未经证实。于是也可以想象另一种可能：被抓去的是弟弟，不是他。这种可能又引出另外两种可能：一是弟弟确实不怕死，也不怕折磨，这样的话世上就会少一个叛徒，多一个可敬的人；二是弟弟也怕，结果呢，叛徒和可敬的人数目不变，只不过兄弟俩倒了个过儿。

谁是叛徒无关紧要，就像谁是哥谁是弟并不要紧，要紧的是世上确有哥哥这样的人，确有这样饱受折磨的心。知道世上有这样的人的那天，我也是找了个没人的地方呆坐很久，心中全是愕然，以往对叛徒的看法似乎都在动摇。我慢慢地看见，勇猛与可敬之外还有着更为复杂的人生处境。我看见一片蛮荒的旷野，神光甚至也少照耀，唯一颗诉告无处的心随生命的节拍钟表一样地颤抖，永无休止。不管什么原因吧，总归有人处于这样的境地，总归有这样的心魂的绝境，你能看一看就忘了吗？我尤其想起了这样的话：人道主义者是不能使用"个别现象"这种托词的。

二十一

这样的事让我不寒而栗。这样的事总向我提出这样的问题：你是他，你怎么办？这问题常使我夜不能寐。一边是屈辱，一边是死亡，你选择什么？一边是生，是永恒的耻辱与惩罚，一边是死，或是酷刑的折磨，甚至是亲人遭连累，我怎样选择？这问题在白昼我不敢回答，在黑夜我暗自祈祷：这样的事千万别让我碰上吧。但我知道这不算回答，这唯使黑夜更加深沉。我又对自己说：倘这事真的轮到我头上，我唯求速死。可我心里又明白，这不是勇敢，也仍然不是回答，这是逃避，想逃开这两难的选择，想逃出这最无人道的处境。因为我还知道，这样的事并不由于某一个人的速死就可以结束。何况敌人不见得就让你速死，敌人要你活着，逼你就范是他们求胜的方法。然而，逼迫你的仅仅是敌人吗？不，这更像合谋，它同时也是敌人的敌人求胜的方法。在求胜的驱动之下，敌对双方一样地轻蔑了人道，践踏和泯灭着人道，那么不管谁胜，得胜的终于会是人道吗？更令人迷惑的是，这样的敌对双方，到底是因何而敌对？各自所求之胜，究竟有着怎样根本的不同？我的黑夜仍在黑夜中。而且黑夜知道，对这两难之题，是不能用逃避冒充回答的。

二十二

对这样的事，和这样的黑夜，我在《务虚笔记》中曾有触及，我试图走到三方当事者的位置，演算各自的心路。

大凡这类事，必具三方当事者：A——或叛徒，或英雄，或谓之"两难选择者"；B——敌人；C——自己人。演算的结果是：大家都害怕处于 A 的位置。甚至，A 的位置所以存在，正由于大家都在躲避它。比如说，B 不可以放过 A 吗？但那样的话，B 也就背叛了他的自己人，从而走到了 A 的位置。再比如，C 不可以站出来，替下你所担心的那个可能成为叛徒的人吗？但那样 C 也就走到了 A 的位置。可见，A 的位置他们都怕——既怕做叛徒，也怕做英雄，否则毫不犹豫地去做英雄就是，叛徒不叛徒的根本不要考虑。是的，都怕，A 的位置这才巩固。是的，都怕，但只有 A 的怕是罪行。原来是这样，他们不过都把一件可怕的事推给了 A，把大家的罪行推给了 A 去承担，然后，一方备下了屠刀、酷刑和株连，一方备下了赞美，或永生的惩罚。

二十三

大家心里都知道它的可怕，大家却又一起制造了它，这不荒唐吗？因此，很久以来我就想为这样的叛徒说句话。就算对那两难的选择我仍未找到答案，我也想替他问一问：他到底错在了哪儿？他不该一腔热血而做出了他年轻时的选择吗？他不该接受一项有可能被敌人抓去的工作吗？他一旦被抓住就不该再想活下去吗？或者，他就应该忍受那非人的折磨？就应该置无辜的亲人于不顾，而单去保住自己的名节，或单要保护某些同他一样承诺了责任的"自己人"吗？

我真是找不出像样的回答。但我不由得总是想：有什么理由使一个人处于如此境地？就因为他要反对某种不合理（说到底是不合人道之理）的现实，就应该处于更不人道的境地中吗？

我认真地为这样的事寻找理由，唯一能找到的是：A 的屈服不仅危及了 C，还可能危及"自己人"的整个事业。然而，倘这事业求胜的方法与敌人求胜的方法并无根本不同，将如何证明和

保证它与它所反对的不合理一定就有根本的不同呢？于是我又想
起了圣雄甘地的话：没有什么方法可以获得和平，和平本身是一
种方法。这话也可引申为：没有什么方法可以获得人道，人道本
身就是方法。那也就是说：人道存在于方法中，倘方法不人道，
又如何树立人道，又怎么能反对不人道？

二十四

　　这真正是一道难题：敌人不会因为你人道，他也就人道。你
人道，他很可能乘虚而入，反使其不人道得以巩固。但你若以
其人之道还治其人之身呢，你就也蔑视了人道，你就等于加入了
他，反使不人道壮大。仇恨的最大弊端是仇恨的蔓延，压迫的最
大遗患是压迫的复制。"自己人"万勿使这难题更难吧。以牙还
牙的怪圈如能有一个缺口，那必是更勇敢、更理性、更智慧的
人发现的，比如甘地的方法，比如马丁·路德·金的方法。他
们的发现，肯定不单是因为骨头硬，更是因为对万千独具心流
更加贴近的关怀，对人道更为深彻的思索，对目的更清醒的认
识。这样的勇敢，不仅要对着敌人，也要对着自己，不仅靠骨头，
更要靠智慧。当然，说到底是因为：不是为了坐江山，而是为了

争自由。

电视中正在播放连续剧《太平天国》。洪秀全不勇敢？但他还是要坐江山。杨秀清不勇敢？可他总是借天父之口说自己的话。天国将士不勇敢吗，可为什么万千心流汇为沉默？"天国"看似有其信仰，但人造的神不过是"天王"手中的一张牌。那神曾长了一张人嘴，人嘴倘合王意，王便率众祭拜，人嘴如若不轨，王必率众诛之，而那虚假的信仰一旦揭开，内里仍不过一场权力之争，一切轰轰烈烈立刻没了根基。

二十五

小时候看《三国演义》，见赵子龙在长坂坡前威风八面，于重重围困中杀进杀出，斩上将首级如探囊取物，不禁为之喝彩。现在却常想，那些被取了首级的人是谁？多数连姓名也没有，有姓名的也不过是赵子龙枪下的一个活靶。战争当然就是这么残酷，但小说里也不曾对此多有思索，便看出文学传统中的问题。

我常设想，赵子龙枪下的某一无名死者，曾有着怎样的生活，怎样的期待，曾有着怎样的家，其家人是在怎样的时刻得知了他的死讯，或者连他的死讯也从未接到，只知道他去打仗了，再没回来，好像这人生下来就是为了在某一天消失，就是为了给他的亲人留下一个永远的牵挂，就是为了在一部中国名著中留下一行字：只一回合便被斩于马下。这个人，倘其心流也有表达，世间也许就多有一个多才多艺的鲁班，一个勤劳忠厚的董永，抑或一个风流倜傥的贾宝玉（虽然他不可能那么富贵，但他完全可能那么多情）。当然，他不必非得是名人，是个普通人足够。但一个普通人的心流，并非普遍情感就可以概括，倘那样概括，他就仍只是一个王命难违的士兵，一个名将的活靶，一部名著里的道具，其独具的心流便永远还是沉默。

二十六

我的一位已故艺术家朋友，生前正做着一件事：用青铜铸造一千个古代士兵的首级，陈于荒野，面向苍天。我因此常想象那样的场面。我因此看见那些神情各异的容颜。我因此能够听见他们的诉说——一千种无人知晓的心流在天地间浪涌风驰。实际上，他们一代一代在那荒野上聚集，已历数千年。徘徊，等待，直到我这位朋友来了，他们才有可能说话了。真不知苍天何意，竟让我这位朋友猝然而逝，使这件事未及完成。我这位艺术家朋友，名叫：甘少诚。

二十七

叛徒（指前述那样的叛徒，单为荣华而出卖朋友的一类此处不论）就正是由普遍情感所概括出的一种符号，千百年中，在世人心里，此类人等都有着同样简化的形象和心流。在小说、戏剧和电影中，他们只要符合了那简化的统一（或普遍），便是"真像"，便在观众中激起简化而且统一的情感，很少有人再去想：这一个人，其处境的艰险，其心路的危难。

恨，其实多么简单，朝他吐唾沫就是，扔石头就是。

《圣经》中有一个类似的故事，看耶稣是怎么说吧：法利赛人抓来一个行淫的妇女，认为按照摩西的法律应该用石头砸死她，他们等待耶稣的决定。耶稣先是在地上写下一行字，众人追问那字的意思，耶稣于是站起来说，你们中谁没有犯过罪，就去用石头砸死她吧。耶稣说完又在地上写字。那些人听罢纷纷离去……

因此，我想，把那个行淫的妇女换成那个叛徒，耶稣的话同样成立：你们中谁不曾躲避过 A 的位置，就可以朝他吐唾沫、扔石头。如果人们因此而犹豫，而看见了自己的恐惧和畏缩，那便是绝对信仰在拷问相对价值的时刻。那时，普遍情感便重新化作万千独具的心流。那时，万千心流便一同朝向了终极的关怀。于是就有了忏悔，于是忏悔的意义便凸显出来。比如，这忏悔的人群中如果站着 B 和 C，是否在未来，就可以希望不再有 A 的位置了呢？

二十八

众人走后，耶稣问那妇女：没有人留下定你的罪吗？答：没有。耶稣说：那我也就不定你的罪，只是你以后不要再犯。这就是说，罪仍然是罪，不因为它普遍存在就不是罪。只不过耶稣是要强调：罪，既然普遍存在于人的心中，那么，忏悔对于每一个人就都是必要。

有意思的是，当众人要耶稣做决定时，耶稣为什么在地上写字？为什么耶稣说完那些话，又在地上写字？我一直想不透。他是说"字写的法律与心做的忏悔不能同日而语"吗？他是说"字写的简单与心写的复杂不可等量齐观"吗？或者，他是说"字写的语言有可能变成人对人的强暴，唯对万千心流深入的体会才是爱的祈祷"？但也许他是取了另一种角度，说：字，本当从沉默的心中流出。

二十九

对于 A 的位置，对于这位置所提出的问题，我仍不敢说已经有了回答，比这远为复杂的事例还很多。我只是想，所有的实际之真，以及所谓的普遍情感，都不是写作应该止步的地方。文学和艺术，从来都是向着更深处的寻觅，当然是人的心魂深处。而且这样的深处，并不因为曾经到过，今天就无必要。其实，今天，绝对的信仰之光正趋淡薄，日新月异的生活道具正淹没着对生命意义的寻求。上帝的题面一变，人就发昏，原来会做的题也不会了；甚至干脆不做了，既然窗外有着那么多快乐的诱惑。看来，靡非斯特跟上帝的赌博远未结束，而且人们正在到处说着那句可能使魔鬼获胜的话。

插队时，村中有所小学，小学里有个奇怪的孩子，他平时替他爹算工分，加加减减一丝不乱，可你要是给他出一道加减法的应用题，比如说某工厂的产值，或某公园里的树木，或某棵树上的鸟，加来减去他把脚丫子也用上还是算不清。我猜他一定是让工厂呀、公园呀、树和鸟呀给闹乱了，那些玩意儿怎么能算得清？别小看靡非斯特吧，它把生活道具弄得越来越邪乎，于中行走容易找不着北。

三十

我想我还是有必要浪费一句话：舍生取义是应该赞美的，为信仰而献身更是美德。但是，这样的要求务须对着自己，倘以此去强迫他人，其"义"或"信仰"本身就都可疑。

三十一

"我不能说"，不单因为惧怕权势，还因为惧怕舆论，惧怕习俗，惧怕知识的霸道。原是一份真切的心之困境，期望着交流与沟通，眺望着新路，却有习俗大惊失色地叫："黄色！"却有舆论声色俱厉地喊："叛徒！"却有霸道轻蔑地说："你看了几本书，也来发言？"于是黑夜为强大的白昼所迫，重回黑夜的孤独。

入夜之时，心神如果不死，如果不甘就范，你去听吧，也许你就能听见如你一样的挣扎还在黑夜中挣扎，如你一样的眺望还在黑夜中眺望。也许你还能听见诗人西川的话：我打开一本书一个灵魂就苏醒……我阅读一个家族的预言我看到的痛苦并不比痛苦更多历史仅记录少数人的丰功伟绩其他人说话汇合为沉默……

你不必非得看过多少本书，但你要看重这沉默，这黑夜，它教会你思想而不单是看书。你可以多看些书，但世上的书从未被哪一个人看完过，而看过很多书却没有思想能力的人却也不少。

三十二

中国的电影和戏剧，很少这黑夜的表达，满台上都是模仿白昼，在细巧之处把玩表面之真。旧时闺秀，新潮酷哥，请安、跪拜、作揖、接吻，虽惟妙惟肖却只一副外壳。大家看了说一声"真像"，于是满足，可就在回家的路上也是各具心流，与那白昼的"真"和"像"迥异。黑夜已在白昼插科打诨之际降临，此刻心里正有着另一些事，另一些令心魂不知所从的事，不可捉摸的心流眺望着不可捉摸的前途，困顿与迷茫正与黑夜汇合。然而看样子他们似乎相信，这黑夜与艺术从来吃的是两碗饭，电影、戏剧和杂技唯做些打岔的工作，以使这黑夜不要深沉，或在你耳边嘀咕：黑夜来了，白昼还会远吗？人们习惯于白昼，看不起黑夜：困顿和迷茫怎么能有美呢？怎么能上得舞台和银幕呢？每个人的心流都是独特，有几个人能为你喊一声"真像"？唔，艺术已经认不出黑夜了，黑夜早已离开了它，唯白昼为之叫卖、喝彩。真不知是中国艺术培养了中国观众，还是中国观众造就了中国艺术。

你看那正被抢救的传统京剧，悦目悦耳，是可以怡然自得半躺半仰着听的，它要你忘忧，不要你动心，虽常是夜场但与黑夜无关，它是冬天里的春天、黑夜中的白昼。不是说它不该被抢救，任何历史遗迹都要保护，但那是为了什么呢？看看如今的圆明园，像倒还是有得可像——比如街心花园，但荒芜悲烈的心流早都不见。

三十三

夜深人静，是个人独对上帝的时候。其他时间也可以，但上帝总是在你心魂的黑夜中降临。忏悔，不单是忏悔白昼的已明之罪，更是看那暗中奔溢着的心流与神的要求有着怎样的背离。忏悔不是给别人看的，甚至也不是给上帝看的，而是看上帝，仰望他，这仰望逼迫着你诚实。这诚实，不止于对白昼的揭露，也不非得向别人交代问题，难言之隐完全可以藏在肚里，但你不能不对自己坦白，不能不对黑夜坦白，不能不直视你的黑夜：迷茫、曲折、绝途、丑陋和恶念……一切你的心流你都不能回避。因为看不见神的人以为神看不见，但"看不见而信的人是有福的"，于是神使你看见——神以其完美、浩瀚使你看见自己的残缺与渺小，神以其无穷之动使你看见永恒的跟随，神以其宽容要你悔罪，神以其严厉为你布设无边的黑夜。因此，忏悔，除去低头还有仰望，除知今是而昨非还要询问未来，而这绝非白昼的戏剧可以通达，绝非"像"可能触及，那是黑夜要你同行啊，要你说：是！

　　这样的忏悔从来是第一人称的。"你要忏悔"——这是神说的话，倘由人说就是病句。如同早晨醒来，不是由自己而是由别人说你做了什么梦，岂不奇怪？忏悔，是个人独对上帝的时刻，就像梦，别人不得参与。好梦成真大家祝贺，坏梦实行，众人当然要反对。但好梦坏梦，止于梦，别人就不能管，别人一管就比坏梦还坏，或正是坏梦的实行。君不见"文革"时的"表忠心"和"狠斗私心一闪念"，其坏何源？就因为人说了神的话。

三十四

坏梦实行固然可怕，强制推行好梦，也可怕。诗人顾城的悲剧即属后一种。我不认识顾城，只读过他的诗，后来又知道了他在一个小岛上的故事。无论是他的诗，还是他在那小岛上的生活，都蕴藏着美好的梦想。他同时爱着两个女人，他希望两个女人互相也爱，他希望他们三个互相都爱。这有什么不好吗？至少这是一个美丽的梦想。这不可能吗？可不可能是另外的问题，好梦无不期望着实现。我记得他在书中写过，他看着两个女人在阳光下并肩而行，和平如同姐妹，心中顿生无比的感动。这感动绝无虚伪。在这个越来越以经济指标为衡量标准的社会，在这个心魂越来越要相互躲藏的人间，诗人选中那个小岛做其圆梦之地，养鸡为生，过最简朴的生活，唯热烈地供奉他们的爱情，唯热切盼望那超俗的爱情能够长大。这样的梦想不美吗？倘其能够实现，怎么不好？可问题不在这儿。问题是：好梦并不统一，并不由一人制订，若把他人独具的心流强行编入自己的梦想，一切好梦就都要结束。

看顾城的书时，我心里一直盼望着他的梦想能够实现。但这之前我已经知道了那结尾是一次屠杀，因此我每看到一处美丽的地方，都暗暗希望就此打住，停下来，就停在这儿，你为什么不能就停在这儿呢？于是我终于看见，那美丽的梦想后面，还有一颗帝王的心：强制推行，比梦想本身更具诱惑。

三十五

B 和 C 具体是谁并不重要。麻烦的是，这样的逻辑几乎到处存在。比如在朋友之间，比如在不尽相同的思想或信仰之间，也常有 A、B、C 式的矛盾。甚至在孩子们模拟的"战斗"中，A 的位置也是那样原原本本。

我记得小时候，在幼儿园玩过一种"骑马打仗"的游戏，一群孩子，一个背上一个，分成两拨，互相"厮杀"，拉扯、冲撞、下绊子，人仰马翻者为败。老师满院子里追着喊：别这样，别这样，看摔坏了！但战斗正未有穷期。这游戏本来很好玩，可不知怎么一来，又有了对战俘的惩罚：弹脑崩儿，或连人带马归顺敌方。这就又有了叛徒，以及对叛徒更为严厉的惩罚。叛徒一经捉回，便被"游街示众"，被人弹脑崩儿、拧耳朵（相当于吐唾沫、扔石头）。到后来，天知道怎么这惩罚竟比"战斗"更具诱惑了，无需"骑马打仗"，直接就玩起这惩罚的游戏来。可谁是被惩罚者呢？便涌现出一两个头领，由他们说了算。于是，为免遭惩罚，孩子们便纷纷效忠那一两个头领。然而这游戏要玩下去，不能没有被惩罚者呀？可怕的日子于是到了。我记得从那时起，每天早晨我都要找尽借口，以期不必去那幼儿园。

三十六

不久前，我偶然读到一篇英语童话——我的英语好到一看便知那是英语，妻子把它变成中文：战争结束了，有个年轻号手最后离开战场，回家。他日夜思念着他的未婚妻，路上更是设想着如何同她见面，如何把她娶回家。可是，等他回到家乡，却听说未婚妻已同别人结婚；因为家乡早已流传着他战死沙场的消息。年轻号手痛苦之极，便又离开家乡，四处漂泊。孤独的路上，陪伴他的只有那把小号，他便吹响小号，号声凄婉悲凉。有一天，他走到一个国家，国王听见了他的号声，使人把他唤来，问他：你的号声为什么这样哀伤？号手便把自己的故事讲给国王。国王听了非常同情他……看到这儿我就要放下了，猜那又是个老掉牙的故事，接下来无非是国王很喜欢这个年轻号手，而他也表现出不俗的才智，于是国王把女儿嫁给了他，最后呢？肯定是他与公主白头偕老，过着幸福的生活。妻子说不，说你往下看：……国王于是请国人都来听这号手讲他自己的故事，并听那号声中的哀伤。日复一日，年轻人不断地讲，人们不断地听，只要那号声一响，人们便来围拢他，默默地听。这样，不知从什么时候起，他的号声已不再那么低沉、凄凉。又不知从什么时候起，那号声开始变得欢快、嘹亮，变得生气勃勃了。故事就这么结束了。就这么结束了？对，结束了。当意识到它已经结束了的时候，忽然间我热泪盈眶。

　　我已经五十岁了。一个年至半百的老头子竟为这么一篇写给孩子的故事而泪不自禁，其中的原因一定很多，多到我自己也说不清。不过我一下子就想起了我的幼儿园，想起了那惩罚的游戏。我想，这不同的童年消息，最初是从哪儿出发的？

病隙碎笔
4

Shi Tiesheng

看见苦难的永恒，实在是神的垂怜——唯此才能真正断除迷执，相信爱才是人类唯一的救助。这爱，不单是友善、慈悲、助人为乐，它根本是你自己的福。这爱，非居高的施舍，乃谦恭的仰望，接受苦难，从而走向精神的超越。

一

有位学者朋友给我写信，说我是"证明了神性，却不想证明神"。老实说，前半句话我绝不敢当，秉性愚钝的我只是用着傻劲儿，希望能够理解神性，体会神性；而对后半句话我又不想承认。不过确实，在我看来，证明神性比证明神更要紧。理由是：没有信仰固然可怕，但假冒的"神"更可怕——比如造人为神。事实是，信仰缺失之地未必没有崇拜，神性不明之时，强人最易篡居神位。我们几时缺了"神"吗？灶王、财神、送子娘娘……但那多是背离着神性的偶像，背离着信仰的迷狂。这类"神明"也有其性，即与精神拯救无关，而是对肉身福乐的期许；比如对权、财的攀争，比如"乐善好施"也只图"来生有报"。这不像信仰，更像是行贿或投资。所以，证明神务先证明神性，神性昭然，其形态倒不妨入乡随俗。况且，其实，唯对神性的追问与寻觅，是实际可行的信仰之路。

二

我读书少，宗教知识更少，常发怵与学者交谈。我只是活出了一些问题，便思来想去，又因能力有限，所以希望以尽量简单的逻辑把信仰问题弄弄明白。

那位学者朋友还说，我是"尽可能避开认同佛教"。这判断有点儿对。但这点儿对，并不是指"尽可能避开"，而是说我确实对一些流行的佛说有着疑问。

大凡宗教，都相信人生是一次苦旅（或许这正是宗教的起因吧），但是，对苦难的原因则各说不一，因而对待苦难的态度也不相同。流行的佛说（我对佛学、佛教所知甚微，故以"流行的"做出限定）相信，人生之苦出自人的欲望，如：贪、嗔、痴；倘能灭断这欲望，苦难就不复存在。这就预设了一种可能：生命中的苦难是可以消灭的，若修行有道，无苦无忧的极乐世界或者就在今生，或者可期来世。来世是否真确大可不论，信仰所及，无需实证。但问题是：

三

　　脱离一己之苦可由灭断一己之欲来达成，但是众生之苦犹在，一己就可以心安理得吗？众生未度，一己便告无苦无忧，这虽不该嫉妒甚至可以祝贺，但其传达的精神取向，便很难相信还是爱的弘扬，而明显接近着争的逻辑了。

　　争天堂，与争高官厚禄，很容易走成同一种心情。种什么神根，得什么俗果。猪八戒对自己仅仅得了个罗汉位耿耿于怀，凡夫俗子为得不到高级职称而愤愤不平就有了神据。我是说，这逻辑用于俗世实属无奈，若再用于信仰岂不教人沮丧？大凡信仰，正当在竞争福乐的逻辑之外为人生指引前途，若仍以福乐为期许，岂不倒要助长了贪、嗔、痴？

　　（眼下"欧锦赛"正是如火如荼，荷兰球星博格坎普在批评某一球队时有句妙语："他们是在为结果踢球。"博格坎普因此已然超出球星，可入信者列了。因信称义，而不是因结果，而信恰在永远的过程中。）

四

如何使众生不苦呢？强制地灭欲显然不行。劝诫与号召呢？当然可以，但未必有效。这个人间的特点是不可能没有矛盾，不可能没有差别和距离，因而是不可能没有苦和忧的。再怎么谴责忧苦的众生太过愚顽，也是无济于事，无济于事而又津津乐道，倒显出不负责任。天旱了不下雨，可以无忧吗？孩子病了无医无药，怎能无苦？而水利和医药的发展正是包含着多少人间的苦路，正是由于人类的多少梦想和欲望呀。享用着诸多文明成果的隐士，悠然地谴责创造诸多文明的俗人，这样的事多少有些滑稽。当然，对此可以有如下反驳：要你断灭的是贪、嗔、痴，又没教你断灭所有的欲望。但是，仅仅断灭了贪、嗔、痴并不能就有一个无苦无忧的世界；久旱求雨是贪吗？孤苦求助是痴吗？那么，诸多与生俱来的忧苦何以救赎？可见无苦无忧的许诺很成问题。再要么就是断灭人的所有欲望，但那样，你最好就退回到植物去，一切顺其自然，不要享用任何人类文明，也不必再有什么信仰。苦难呼唤着信仰，倘信仰只对人说"你不当自寻烦恼"，这就像医生责问病人：没事儿撑的你生什么病？

我赞成祛除贪、嗔、痴的教诲，赞成人类的欲望应当有所节制（所以我也不是"尽可能避开认同佛教"），但仅此，我看还不能说就找到了超越苦难的路。

五

以无苦无忧的世界为目标，依我看，会助长人们逃避苦难的心理，因而看不见人的真实处境，也看不见信仰的真意。

常听人讲起一个故事，说是一个忙碌的渔夫在海滩上撞见一个悠闲的同行，便谴责他的懒惰。同行懒洋洋地问：可你这么忙到底为了什么？忙碌者说：有朝一日积攒起足够的财富，我就可以不忙不累优哉游哉地享受生命了。悠闲者于是笑道：在下当前正是如此。这故事明显是赞赏那悠闲者的明智。但若多有一问，这赞赏也许就值得推敲：倘遇灾年，这悠闲者的悠闲何以为继？倘那忙碌的渔夫给他送来救济，这明智的同行肯定拒不接受而情愿饿死吗？

这并不是说我已经认同了那位忙碌的人士，其实他与那悠闲者一样，只不过他的"无苦无忧"是期待着批发，悠闲者则偏爱零买零卖。要紧的是还有一问：倘命运像对待约伯那样，把忙碌者之忙碌的成果悉数摧毁，或不让悠闲者有片刻悠闲而让他身患顽疾，这怎么办？在一条忧苦随时可能袭来的地平线上，是否就能望见一点真信仰的曙光了？

六

再有，以福乐为许诺——你只要如何如何，便可抵达俗人不可抵达的极乐之地——这在逻辑上太近拉拢。以拉拢来推销信仰，这"信仰"非但靠不住，且很容易变成推销者的福利与权柄。

比如潇洒的人，他只要说一句"小乐足矣，不必天堂"，便可弃此信仰于一旁，放心大胆去数钞票了。是嘛，天堂唯乐，贪官也乐，天堂尚远，钞票却近，况乎见乐取小，岂不倒有风度？我是说，以福乐相许，信仰难免混于俗行。

再看所谓的"虔诚者"。福乐许诺之下的虔诚者，你说他的终极期待能是什么？于是就难辨哪一笔捐资是出于爱心，哪一笔献款其实是广告，是盯着其后更大的经济收益。你说这是不义，但"圣者"可以隔世投资以求来生福乐，我辈不才，为什么就不能投一个现世之资，求福乐于眼下？商品社会，如是种种就算无可厚非，但不知不觉信仰已纳入商业轨道，这才是问题。逻辑太重要，方法太重要，倘信仰不能给出一个非同凡响的标度，神就要在俗流中做成权贵或巨贾了。

再说最后的麻烦。天堂若非一个信仰的过程，而被确认为一处福乐的终点，人们就会各显神通，多多开辟通往天堂的专线。善行是极乐世界的门票，好，施财也算善行，烧香也算，说媒也算，杀恶人（我说他恶）也算，强迫他人行"善"（我说是善）也算……什么？我说了不算？那么请问：谁说了算？要是谁说了都不算，这"信仰"岂不作废？所以终于得有人说了算——替天行道。于是，造人为神的事就有了，其恶果不言自明。关键是，这样的事必然要出现，因为：许诺福乐原非神之所为，乃人之所愿，是人之贪婪酿造的幻景，人不出面谁出面？

七

　　看看另一种信仰是怎么说吧：人是生而有罪的。这不仅是说，人性先天就有恶习，因而忏悔是永远要保有的品质，还是说，人即残缺，因而苦难是永恒的。这样的话不大招人喜欢，但却是事实（非人之所愿，恰神之所为）。不过，要紧的还不在于这是事实，而在于因此信仰就可能有了非同凡响的方向。

　　看见苦难的永恒，实在是神的垂怜——唯此才能真正断除迷执，相信爱才是人类唯一的救助。这爱，不单是友善、慈悲、助人为乐，它根本是你自己的福。这爱，非居高的施舍，乃谦恭的仰望，接受苦难，从而走向精神的超越。这样的信仰才是众妙之门。其妙之一：这样的一己之福人人可为，因此它又是众生之福——不是人人可以无苦无忧，但人人都可因爱的信念而有福。其妙之二：不许诺实际的福乐，只给人以智慧、勇气和无形的爱的精神。这，当然就不是人际可以争夺的地位，而是每个人独对苍天的敬畏与祈祷。其妙之三：天堂既非一处终点，而是一条无终的皈依之路，这样，天堂之门就不可能由一二强人去把守，而是每个人直接地谛听与领悟，因信称义，不要谁来做神的代办。

八

再有，人既看见了自身的残缺，也就看见了神的完美，有了对神的敬畏、感恩与赞叹，由是爱才可能指向万物万灵。现在的生态保护思想，还像是以人为中心，只是因为经济要持续发展而无奈地保护生态，只是出于使人活得更好些，不得已而爱护自然。可什么是好些呢？大约还得是人说了算，而物质的享乐与奢华哪有尽头？至少现在，到处都一样，好像人的最重要的追求就是经济增长，好像人生来就是为了参加一场物质占有的比赛。而这比赛一开始，欲望就收不住，生态早晚要遭殃。这不是哪一国的问题，这是全人类的问题，因而这不完全是政治问题，根本是信仰问题。人为什么不能在精神方面自由些再自由些，在物质方面简朴些再简朴些呢？是呀，这未免太浪漫，离实际有些远，但严谨的实际务要有飞扬的浪漫一路同行才好。人用脑和手去工作、去治理，同时用心去梦想；一个美好的方向不是计算出来的，很可能倒是梦想的指引。总之，人为什么不能以万物的和谐为重，在神的美丽作品中"诗意地栖居"呢？诗意地栖居是出于对神的爱戴，对神的伟大作品的由衷感动与颂扬，唯此生态才可能有根本的保护。经济性的栖居还是以满足人的物欲为要，地球则难免劫难频仍，苟且偷生。

九

说到人格的神，我总不大以为然。神自有其神格，一定要弄得人格兮兮有什么好处？神之在，源于人的不足和迷惑，是人之残缺的完美比照。一定要为神在描画一个人形证明，常常倒阻碍着对神的认信。神的模样，莫如是虚。虚者，非空非无，乃有乃大，大到无可超乎其外。其实，一切威赫的存在，一切命运的肇因，一切生与死的劫难，一切旷野的呼告和信心，都已是神在的证明。比如，神于西奈山上以光为显现，指引了摩西。我想，神就是这样的光吧，是人之心灵的指引、警醒、监督和鼓励。不过还是那句话，只要神性昭然，神形不必求其统一。

十

我是个愚顽的人，学与思都只由于心中的迷惑，并不很明晰学理、教义和教规。人生最根本的两种面对，无非生与死。对于生，我从基督精神中受益；对于死，我也相信佛说。通常所谓的死，不过是指某一生理现象的中断，但其实，宇宙间无限的消息并不因此而有丝毫减损，所以，死，必牵系着对整个宇宙之奥秘的思悟。对此，佛说常让我惊佩。顿悟是智者的专利，愚顽如我者只好倚重一个渐字。

任何宗教或信仰，我看都该分清其源和流。一则，千百年中，源和流可能已有大异。二则，一切思想和智慧必是以流而传之，即靠流传而存在。三则，唯在流中可以思源，可以有对神性的不断的思悟，而这样的思悟才是信仰之路。我是说，要看重流。流，既可流离神性，也可历经数代人的思悟而更其昭然，更其丰沛浩荡。

病隙碎笔

5

Shi Tiesheng

一棵树上落着一群鸟儿，把树砍了，鸟儿也就没了吗？不，树上的鸟儿没了，但它们在别处。同样，此一肉身，栖居过一些思想、情感和心绪，这肉身火化了，那思想、情感和心绪也就没了吗？不，他们在别处。倘人间的困苦从未消失，人间的消息从未减损，人间的爱愿从未放弃，他们就必定还在。

一

　　生命到底有没有意义？——只要你这样问了，答案就肯定是：有。因这疑问已经是对意义的寻找，而寻找的结果无外乎有和没有；要是没有，你当然就该知道没有的是什么。换言之，你若不知道没有的是什么，你又是如何判定它没有呢？比如吃喝拉撒，比如生死繁衍，比如诸多确有的事物，为什么不是？此既不是，什么才是？这什么，便是对意义的猜想，或描画，而这猜想或描画正是意义的诞生。

二

存在，并不单指有形之物，无形的思绪也是，甚至更是。有形之物尚可因其未被发现而沉寂千古，无形的思绪——比如对意义的描画——却一向喧嚣、确凿，与你同在。当然，生命中也可以没有这样的思绪和喧嚣，永远都没有，比如狗。狗也可能有吗？那就比如昆虫。昆虫也未必没有吗？但这已经是另外的问题了。

三

既然意义是存在的，何以还会有上述疑问呢？料其真正的疑点，或者忧虑，并不在意义的有无，而在于：第一，这类描画纷纭杂沓，到底有没有客观正确的一种？第二，这意义，无论哪一种，能否坚不可摧？即：死亡是否终将粉碎它？一切所谓意义，是否都将随着生命的结束而变得毫无意义？

四

如果不是所有的生命（所有的人）都有着对意义的描画与忧虑，那就是说，意义并非与生俱来。意义不是先天的赋予，而显然是后天的建立。也就是说，生命本无意义，是我们使它有意义，是"我"，使生命获得意义。

建立意义，或对意义的怀疑，乃一事之两面，但不管哪面，都是人所独具。动物或昆虫是不屑这类问题的，凡无此问题的种类方可放心大胆地宣布生命的无意义。不过它们一旦这样宣布，事情就又有些麻烦，它们很可能就此成精成怪，也要陷入意义的纠缠了。你看传说中的精怪，哪一位不是学着人的模样在为生命寻找意义？比如白娘子的"千年等一回"，比如猪八戒的梦断高老庄。

五

生命本无意义，是"我"使生命获得意义——此言如果不错，那就是说："我"，和生命，并不完全是一码事。

没有精神活动的生理性存活，也叫生命，比如植物人和草履虫。所以，生命二字，可以仅指肉身。而"我"，尤其是那个对意义提出诘问的"我"，就不只是肉身了，而正是通常所说的：精神，或灵魂。但谁平时说话也不这么麻烦，一个"我"字便可通用——我不高兴，是指精神的我；我发烧了，是指肉身的我；我想自杀，是指精神的我要杀死肉身的我。"我"字的通用，常使人忽视了上述不同的所指，即人之不同的所在。

六

不过，精神和灵魂就肯定是一码事吗？那你听听这句话："我看我这个人也并不怎么样。"——这话什么意思？谁看谁不怎么样？还是精神的我看肉身的我吗？那就不对了，"不怎么样"绝不是指身体不好，而"我这个人"则明显是就精神而言，简单说就是：我对我的精神不满意。那么，又是哪一个我不满意这个精神的我呢？就是说，是什么样的我，不仅高于（大于）肉身的我并且也高于（大于）精神的我，从而可以对我施以全面的督察呢？是灵魂。

七

但什么是灵魂呢？精神不同于肉身，这话就算你说对了，但灵魂不同于精神，你倒是解释解释这为什么不是胡说？

因为，还有一句话也值得琢磨："我要使我的灵魂更加清洁。"这话说得通吧？那么，这一回又是谁使谁呢？麻烦了，真是麻烦了。不过，细想，这类矛盾推演到最后，必是无限与有限的对立，必是绝对与相对的差距，因而那必是无限之在（比如整个宇宙的奥秘）试图对有限之在（比如个人处境）施加影响，必是绝对价值（比如人类前途）试图对相对价值（比如个人利益）施以匡正。这样看，前面的我必是联通着绝对价值，以及无限之在。但那是什么？那无限与绝对，其名何谓？随便你怎么叫他吧，叫什么其实都是人的赋予，但在信仰的历史中他就叫作：神。他以其无限，而真。他以其绝对的善与美，而在。他是人之梦想的初始之据，是人之眺望的终极之点。他的在先于他的名，而他的名，碰巧就是这个"神"字。

这样的神，或这样来理解神性，有一个好处，即截断了任何凡人企图冒充神的可能。神，乃有限此岸向着无限彼岸的眺望，乃相对价值向着绝对之善的投奔，乃孤苦的个人对广博之爱的渴盼与祈祷。这样，哪一个凡人还能说自己就是神呢？

八

精神，当其仅限于个体生命之时，便更像是生理的一种机能，肉身的附属，甚至累赘（比如它有时让你食不甘味，睡不安寝）。但当他联通了那无限之在（比如无限的人群和困苦，无限的可能和希望），追随了那绝对价值（比如对终极意义的寻找与建立），他就会因自身的局限而谦逊，因人性的丑陋而忏悔，视固有的困苦为锤炼，看琳琅的美物为道具，既知不断地超越自身才是目的，又知这样的超越乃是永远的过程。这样，他就不再是肉身的附属了，而成为命运的引领——那就是他已经升华为灵魂，进入了不拘于一己的关怀与祈祷。所以那些只是随着肉身的欲望而活的，你会说他没有灵魂。

九

比如希特勒，你不能说他没有精神，由仇恨鼓舞起来的那股干劲儿也是一种精神力量，但你可以说他丧失了灵魂。灵魂，必当牵系着博大的爱愿。

再比如希特勒，你可以说他的精神已经错乱——言下之意，精神仍属一种生理机能。你又可以说他的灵魂肮脏——但显然，这已经不是生理问题，而必是牵系着更为辽阔的存在，和以终极意义为背景的观照。

这就是精神与灵魂的不同。

精神只是一种能力。而灵魂，是指这能力或有或没有的一种方向，一种辽阔无边的牵挂，一种并不限于一己的由衷的祈祷。

这也就是为什么不能歧视傻人和疯人的原因。精神能力的有限，并不说明其灵魂一定龌龊，他们迟滞的目光依然可以眺望无限的神秘，祈祷爱神的普照。事实上，所有的人，不都是因为能力有限才向那无边的神秘眺望和祈祷吗？

十

其实，人生来就是跟这局限周旋和较量的。这局限，首先是肉身，不管它是多么聪明和健壮。想想吧，肉身都给了你什么？疾病、伤痛、疲劳、羸弱、丑陋、孤单、消化不好、呼吸不畅、浑身酸痛、某处瘙痒、冷、热、饥、渴、馋、人心隔肚皮、猜疑、嫉妒、防范……当然，它还能给你一些快乐，但这些快乐既是肉身给你的就势必受着肉身的限制。比如，跑是一种快乐，但跑不快又是烦恼，跳也是一种快乐，可跳不高还是苦闷，再比如举不动、听不清、看不见、摸不着、猜不透、想不到、弄不明白……最后是死和对死的恐惧。我肯定没说全，但这都是肉身给你的。而你就像那块假宝玉，兴冲冲地来此人间原是想随心所欲玩他个没够，可怎么先就掉进这么一个狭小黢黑的皮囊里来了呢？这就是他妈的生命？可是，问谁呢你？你以为生命应该是什么样儿？待着吧哥们儿！这皮囊好不容易捉你来了，轻易就放你走吗？得，你今后的全部任务就是跟它斗了，甭管你想干吗，都要面对它的限制。这样一个冤家对头你却怕它消失。你怕它折磨你，更怕它倏忽而逝不再折磨你——这里面不那么简单，应该有的可想。

但首先还是那个问题：谁折磨你？折磨者和被折磨者，各是哪一个你？

十一

有一种意见认为：是精神的你在折磨肉身的你，或灵魂的你在折磨精神的你。前者，精神总是想冲破肉身的囚禁，肉身便难免为之消损，即"为伊消得人憔悴"吧。后者，无论是"众里寻他千百度"，还是"独上高楼，望尽天涯路"，总归也都使你殚思竭虑耗尽精华。为此，这意见给你的忠告是：放弃灵魂的诸多牵挂吧，唯无所用心可得逍遥自在，或平息那精神的喧嚣吧，唯健康长寿是你的福。

还有一种意见认为：是肉身的你拖累了精神的你，或是精神的你阻碍了灵魂的你。前者，比如说，倘肉身的快感湮灭了精神的自由，创造与爱情便都是折磨，唯食与性等等为其乐事。然而，这等乐事弄来弄去难免乏味，乏味而至无聊难道不是折磨？后者呢，倘一己之欲无爱无畏地膨胀起来，他人就难免是你的障碍，你也就难免是他人的障碍，你要扫除障碍，他人也想推翻障碍，于是危机四伏，这难道不是更大的折磨？总之，一个无爱的人间，谁都难免于中饱受折磨，健康长寿唯使这折磨更长久。因此，爱的弘扬是这种意见看中的拯救之路。

十二

但是，当生命走到尽头，当死亡向你索要不可摧毁的意志之时，便可看出这两种意见的优劣了。

　　如果生命的意义只是健康长寿（所谓身内之物），死亡便终会使它片刻间化作乌有，而在此前，病残或衰老必早已使逍遥自在遭受了威胁和嘲弄。这时，你或可寄望于转世来生，但那又能怎样呢？路途是不可能没有距离的，存在是不可能没有矛盾的，生是不可能绕过死的，转世来生还不是要重复这样的逍遥和逍遥的被取消，这样的长寿和长寿的终于要完结吗？那才真可谓是轮回之苦哇！

　　但如果，你赋予生命的是爱的信奉，是更为广阔的牵系，并不拘于一己的关怀，那么，一具肉身的溃朽也能使之灰飞烟灭吗？

　　好了，最关键的时刻到了，一切意义都不能逃避的问题来了：某一肉身的死亡，或某一生理过程的中止，是否将使任何意义都掉进同样的深渊，永劫不复？

十三

　　如果意义只是对一己之肉身的关怀，它当然就会随着肉身之死而烟消云散。但如果，意义一向牵系着无限之在和绝对价值，它就不会随着肉身的死亡而熄灭。事实上，自古至今已经有多少生命死去了呀，但人间的爱愿却不曾有丝毫的减损，终极关怀亦不曾有片刻的放弃！当然困苦也是这样，自古绵绵无绝期。可正因如此，爱愿才看见一条永恒的道路，终极关怀才不至于终极地结束，这样的意义世代相传，并不因任何肉身的毁坏而停止。

也许你会说：但那已经不是我了呀！我死了，不管那意义怎样永恒又与我何干？可是，世世代代的生命，哪一个不是"我"呢？哪一个不是以"我"而在？哪一个不是以"我"而问？哪一个不是以"我"而思，从而建立起意义呢？肉身终是要毁坏的，而这样的灵魂一直都在人间飘荡，"秦时明月汉时关"，这样的消息自古而今，既不消逝，也不衰减。

十四

你或许要这样反驳：那个"我"已经不是我了，那个"我"早已经不是（比如说）史铁生了呀！这下我懂了，你是说：这已经不是取名为史铁生的那一具肉身了，这已经不是被命名为史铁生的那一套生理机能了。

但是，首先，史铁生主要是因其肉身而成为史铁生的吗？其次，史铁生一直都是同一具肉身吗？比如说，三十年前的史铁生，其肉身的哪一个细胞至今还在？事实上，那肉身新陈代谢早不知更换了多少回！三十年前的史铁生——其实无需那么久——早已面目全非，背驼了，发脱了，腿残了，两个肾又都相继失灵……你很可能见了他也认不出他了。总之，仅就肉身而论，这个史铁生早就不是那个史铁生了，你再说"那已经不是我了"还有什么意思？

十五

可是，你总不能说你就不是史铁生了吧？你就是面目全非，你就是更名改姓，一旦追查起来你还得是那个史铁生。

好吧你追查，可你的追查根据着什么呢？根据基因吗？据说基因也将可以更改了。根据生理特征吗？你就不怕那是个克隆货？根据历史吗？可书写的历史偏又是任人打扮的小姑娘。你还能根据什么？根据什么都不如根据记忆，唯记忆可使你在一具"纵使相逢应不识"的肉身中认出你曾熟悉的那个人。根据你的记忆唤醒我的记忆，根据我的记忆唤醒你的记忆，当我们的记忆吻合时，你认出了我，认出了此一史铁生即彼一史铁生。可我们都记忆起了什么呢？我曾有过的行为，以及这些行为背后我曾有过的思想、情感、心绪。对了，这才是我，这才是我这个史铁生，否则他就是另一个史铁生，一个也可以叫作史铁生的别人。就是说，史铁生的特点不在于他所栖居过的某一肉身，而在于他曾经有过的心路历程，据此，史铁生才是史铁生，我才是我。不信你跟那个克隆货聊聊，保准用不了多一会儿你就糊涂，你就会问：哥们儿你到底是谁呀？这有点儿"我思故我在"的意思。

十六

打个比方：一棵树上落着一群鸟儿，把树砍了，鸟儿也就没了吗？不，树上的鸟儿没了，但它们在别处。同样，此一肉身，栖居过一些思想、情感和心绪，这肉身火化了，那思想、情感和心绪也就没了吗？不，他们在别处。倘人间的困苦从未消失，人间的消息从未减损，人间的爱愿从未放弃，他们就必定还在。

树不是鸟儿，你不能根据树来辨认鸟儿。肉身不是心魂，你不能根据肉身来辨认心魂。那鸟儿若只看重那棵树，它将与树同归于尽。那心魂若只关注一己之肉身，他必与肉身一同化作乌有。活着的鸟儿将飞起来，找到新的栖居。系于无限与绝对的心魂也将飞起来，永存于人间；人间的消息若从不减损，人间的爱愿若一如既往，那就是他并未消失。那爱愿，或那灵魂，将继续栖居于怎样的肉身，将继续有一个怎样的尘世之名，都无关紧要，他既不消失，他就必是以"我"而在，以"我"而问，以"我"而思，以"我"为角度去追寻那亘古之梦。这样说吧：因为"我"在，这样的意义就将永远地被猜疑，被描画，被建立，永无终止。

这又是"我在故我思"了。

十七

人所以成为人，人类所以成为人类，或者人所以对类有着认同，并且存着骄傲，也是由于记忆。人类的文化继承，指的就是这记忆。一个人的记忆，是由于诸多细胞的相互联络，诸多经验的积累、延续和创造；人类的文化也是这样，由于诸多个体及其独具的心流相互沟通、继承和发展。个人之于人类，正如细胞之于个人，正如局部之于整体，正如一个音符之于一曲悠久的音乐。

但这里面常有一种悲哀，即主流文化经常湮灭着个人的独特。主流者，更似万千心流的一个平均值，或最大公约数，即如诗人西川所说：历史仅记录少数人的丰功伟绩其他人说话汇合为沉默。在这最大公约中，人很容易被描画成地球上的一种生理存在，人的特点似乎只是肉身功能（比之于其他生命）的空前复杂，有如一台多功能的什么机器。所以，此时，艺术和文学出面。艺术和文学所以出面，就为抗议这个最大公约，就为保存人类丰富多彩的记忆，以使人类不单是一种多功能肉身的延续。

十八

生命是什么？生命是永恒的消息赖以传扬的载体。因那无限之在的要求，或那无限之在的在性，这消息必经某种载体而传扬。就是说，这消息，既是在的原因，也是在的结果。否则它不在。否则什么问题都没有。否则我们无话可说，如同从不吱声的X。X是什么？废话，它从不吱声怎么能知道它是什么？

它是什么，它就传扬什么消息，反过来也一样，它传扬什么消息，它就是什么。并非是先有了消息，之后有其载体，不不，而是这消息，或这传扬，已使载体被创造。那消息，曾经比较简陋，比较低级，低级到甚至谈不上意义，只不过是蠕动，是颤抖，是随风飘扬，或只是些简单的欲望，由水母来承载就够了，有恐龙来表达就行了。而一种复杂而高贵的消息一旦传扬，人便被创造了。是呀，当亚当取其一根肋骨，当他与夏娃一同走出伊甸园，当女娲在寂寞的天地间创造了人，那都是由于一种高贵的期待在要求着传扬啊！亚当、夏娃、女娲，或许都是一种描画，但那高贵的消息确实在传扬，确实的传扬就必有其确实的起点，这起点何妨就叫作亚当、夏娃、女娲和伏羲呢？正如神的在先于神的名，其名用了哪几个字本无需深虑。传说也正是这样：亚当和夏娃走出伊甸园，人类社会从而开始。女娲和伏羲的传说大致也是如此。

十九

但这消息已经是高贵得不能再高贵了吗？只要你注意到了人性的种种丑恶，肉身的种种限制，你就是在谛听或仰望那更为高贵的消息了。那更为高贵的消息，也许不能再经由蛋白质所建构的肉身来传扬，不能再以三维的有形而存在，或者仅仅是因为我们受这三维肉身的限制而不能直接与它相遇，甚至不能逻辑性地与之沟通，因而要以超越时空的梦想、描画和祈祷来追寻它，来使这区区肉身所承载的消息得以辽阔，得以升华。这便是信仰无需实证的原因；实证必为有限之实，信仰乃无限之虚的呼唤。

二十

因而也可以猜想，生命未必仅限于蛋白质的建构，很可能有着千变万化的形式，这全看那无限的消息要求着怎样的传扬了。但不管它有怎样的形式（是以蛋白质还是以更高级的材料来建构），它既是消息的传扬，就必意味着距离和差异。它既是无限，就必是无限个有限的相互联络。因此，个人便永远都是有限，都是局部。那么，这永远的局部，将永远地朝向何方呢？局部之困苦，无不源于局部之有限，因而局部的欢愉必是朝向那无限之整体的皈依。所以皈依是一条永恒的路。这便是爱的真意，爱的辽阔与高贵。

无聊的人总是为皈依标出一处终点，期求着一劳永逸的福果，一尊宝座，或种种超出常人的功能（比如特异功能）。没有证据说那神乎其神的功能全属伪造，但这样的期求哪里还是爱愿呢？不过是宫廷朝政中的权势之争，或绿林草莽间的称王称霸的变体罢了。究其原因，仍是囿于一己之肉身的福乐。然而你就是钢筋铁骨，还不是"荒冢一堆草没了"？你就是金刚不坏之身，还不是"沉舟侧畔千帆过"？那无限的消息不把任何一尊偶像视为永恒，唯爱愿于人间翱飞飘缭历千古而不死。

二十一

你要是悲哀于这世界上终有一天会没有了你，你要是恐惧于那无限的寂灭，你不妨想一想，这世界上曾经也没有你，你曾经就在那无限的寂灭之中。你所忧虑的那个没有了的你，只是一具偶然的肉身。所有的肉身都是偶然的肉身，所有的爹娘都是偶然的爹娘，是那亘古不灭的消息使生命成为可能，是人间必然的爱愿使爹娘相遇，使你诞生。

这肉身从无中来，为什么要怕它回到无中去？这肉身曾从无中来，为什么不能再从无中来？这肉身从无中来又回无中去，就是说它本无关大局。大局者何？你去看一出戏剧吧，道具、布景、演员都可以全套地更换，不变的是什么？是那台上的神魂飘荡，是那台上台下的心流交汇，是那幕前幕后的梦寐以求！人生亦是如此，毁坏的肉身让它回去，不灭的神魂永远流传，而这流传必将又使生命得其形态。

二十二

　　我常想，一个好演员，他她到底是谁？如果他她用一年创造了一个不朽的形象，你说，在这一年里他她是谁？如果他她用一生创造了若干个独特的心魂，他她这一生又是谁呢？我问过王志文，他说他在演戏时并不去想给予观众什么，只是进入，我就是他，就是那个剧中人。这剧中人虽难免还是表演者的形象，但这似曾相识的形象中已是完全不同的心流了。

　　所以我又想，一个好演员，必是因其无比丰富的心魂被困于此一肉身，被困于此一境遇，被困于一个时代所有的束缚，所以他她有着要走出这种种实际的强烈欲望，要在那千变万化的角色与境遇中，实现其心魂的自由。

　　艺术家都难免是这样，乘物以游心，所要借助和所要克服的，都是那一副不得不有的皮囊。以美貌和机智取胜的，都还是皮囊的奴隶。最要受那皮囊奴役的，莫过于皇上；皇上一旦让群臣认不出，他就什么也没有了。所以，梵高是"向日葵"，贝多芬是"命运"，尼采是"如是说"，而君王是地下宫殿和金缕玉衣。

二十三

无论对演员还是对观众，戏剧是什么？那激情与共鸣是因为什么？是因为现实中不被允许的种种愿望终于有了表达并被尊重的机会。无论是恨，是爱，是针砭、赞美，是缠绵悱恻、荒诞不经，是堂吉诃德或是哈姆雷特，总之，如是种种若在现实中也有如戏剧中一样地自由表达，一样地被倾听和被尊重，戏剧则根本不会发生。演员的激情和观众的感动，都是由于不可能的一次可能，非现实的一次实现。这可能和实现虽然短暂，但它为心魂开辟的可能性却可流入长久。

不过，一旦这样的实现成为现实，它也就不再能够成为艺术了。但是放心，不可能与非现实是生命永恒的背景，因此，艺术，或美的愿望，永远不会失其魅力。

二十四

然而，有形的或具体的美物，很可能随着时间的推移而丧失其美。美的难于确定，使毛姆这样的大作家也为之迷惑，他竟得出结论说："艺术的价值不在于美，而在于正当的行为。"（见《毛姆随想录》）可什么是正当呢？由谁来确定某一行为的正当与否呢？以更加难于确定的正当，来确定难于确定的美，岂不荒唐？但毛姆毕竟是毛姆，他在同一篇文章中不经意地说了一句话："他们（指艺术家）的目标是解除压迫他们灵魂的负担。"好了，这为什么不是美的含意呢？你来了，你掉进了一个有限的皮囊，你的周围是隔膜，是限制，是数不尽的墙壁和牢笼，灵魂不堪此重负，于是呼喊，于是求助于艺术，开辟出一处自由的时空以趋向那无限之在和终极意义，为什么这不是美的恒久品质，同时也是人类最正当的行为呢？

二十五

所以要尊重艺术家的放浪不羁。那是自由在冲破束缚，是丰富的心魂在挣脱固定的肉身，是强调梦想才是真正的存在，而肉身不过是死亡使之更新以前需要不断克服和超越的牢笼。

因此有件事情饶有趣味：男演员 A 饰男角色甲，女演员 B 饰女角色乙，在剧中有甲和乙做爱的情节，那么这时候，做爱的到底是谁？简直说吧，你能要求 A 和 B 只是模仿而互相毫无性爱的欲望吗？这样的事，尤其是这样的事，恐怕单靠模仿是不成的，仅有形似必露出假来——三级片和艺术片的不同便是证明：前者最多算是两架逼真的模型，后者则牵连着主人公的浩瀚心魂和历史。讲台前或餐桌上可以逢场作戏，此时并不一定要有真诚，唯符合某种公认的规矩就够。可戏剧中的（比如说）性爱，却是不能单靠肉身的，因为如前所说，人们所以需要戏剧，是需要一处自由的时空，需要一回心魂的酣畅表达，是要以艺术的真去反抗现实的假，以这剧场中的可能去解救现实中的不可能，以这舞台或银幕上的实现去探问那布满四周的不现实。这就是艺术不该模仿生活，而生活应该模仿艺术的理由吧。

二十六

但这是真吗？或者其实这才是假？不是吗，戏剧一散，A 和 B 还不是各回各的妻子或丈夫身边去？刚才的怨海情天岂非一缕轻风？刚才的卿卿我我岂不才是逢场作戏？这就又要涉及对真与假的理解，比如说，由衷的梦想是假，虚伪的现实倒是真吗？已有的一切都是真理，未有的一切都是谬误吗？看来还要对真善美中的这个真字做一点分析：真，可以指真实、真理，也可以指真诚。毛姆在他的《随想录》中似乎全面地忽视了后者，然后又因真理的流变不居和信念的往往难于实证而陷入迷途。他说："如果真理是一种价值，那是因为它是真的，不是因为说出真理是勇敢的。"又说："一座连接两个城市的桥梁，比一座从一片荒地通往另一片荒地的桥梁重要。"这些话真是让我吃惊。事实上，很多真理，是在很久以后才被证明了它的真实的，若在尚未证明其真实之前就把它当作谬误扫荡，所有的真理就都不能长大。而在它未经证实之前便说出它，不仅需要勇敢，更需要真诚。至于桥梁，也许正因为有从荒地通往荒地的桥梁，城市这才诞生。真诚正是这样的桥梁，它勇敢地铺向一片未知，一片心灵的荒地，一片浩渺的神秘，这难道不是它最重要的价值吗？真理，谁都知道它是要变化，要补充和要不断完善的，别指望一劳永逸。但真诚，谁会说它是暂时的呢？

二十七

科学的要求是真实，信仰的要求是真诚。科学研究的是物，信仰面对的是神。科学把人当作肉身来剖析它的功能，信仰把人看作灵魂来追寻它的意义。科学在有限的成就面前沾沾自喜，信仰在无限的存在面前虚怀若谷。科学看见人的强大，指点江山，自视为世界的主宰；信仰则看见人的苦弱与丑陋，沉思自省，视人生为一次历练与皈依爱愿的旅程。自视为主宰的，很难控制住掠夺自然和强制他人的欲望，而爱愿，正是抵挡这类欲望的基础。但科学，如果终于，或者已经，看见了科学之外的无穷，那便是它也要走进信仰的时候了。而信仰，亘古至今都在等候浪子归来，等候春风化雨，狂妄归于谦卑，暂时的肉身凝成不朽的信爱，等候那迷恋于真实的眼睛闭上，向内里，求真诚。

二十八

让人担心的是 A 和 B 从剧场回家之后的遭遇，即 A 之妻和 B 之夫会怎么想？

从一些这样的妻子和丈夫并未因此而告到法院去，也未跟 A 或 B 闹翻天的事实来看，他们的爱不单由于肉身，更由于灵魂。醋罐子所以不曾打破，绝不是因为什么肚量，而是因为对艺术的理解，既然艺术是灵魂要突破肉身限定的昭示，甚至探险，那飞扬的爱愿唯使他们感动。此时，有限的肉身已非忠贞的标识，宏博的心魂才是爱的指向——而他们分明是看到了，他们的爱人不光是一具会行房的肉身，而是一个多么丰盈、多么懂得爱又是多么会爱的灵魂啊。

这未免有些理想化。但理想化并不说明理想的错误，而艺术本来就是一种理想。"理想化"三个字作为指责，唯一的价值是提醒人们注意现实。现实怎样？现实有着一种危险：A 之妻或 B 之夫很可能因此提出一份离婚申请。在现实中，这不算出格，且能为广大群众所理解。但这毕竟只是现实，这样的爱情仍止于肉身。止于肉身又怎样，白头偕老的不是很多吗？是呀，没说不可以，可以，实在是可以。只是别忘了，现实除了是现实还是对理想的吁求，这吁求也是现实之一种。因此 A 和 B，他们的戏剧以及他们的妻与夫，是共同做着一次探险。险从何来？即由于现实，由于肉身的隔离和限制，由于灵魂的不屈于这般束缚，由于他们不甘以肉身为"我"而要以灵魂为"我"的愿望，不信这狭小的皮囊可以阻止灵魂在那辽阔的存在中汇合。这才是爱的真谛吧，是其永不熄灭的原因。

二十九

我正巧在读《毛姆随想录》，所以时不时地总想起他的话。

关于爱，我比较同意他的意见：爱，一是指性爱，一是指仁爱（我猜也就是指宏博的爱愿吧）。前者会消逝，会死亡，甚至会衍生成恨。后者则是永恒，是善。

可他又说："人生莫大的悲哀……是他们会终止相爱……两个情人之中总是一个爱而另一个被爱；这将永远妨碍人们在爱情中获得完美幸福……爱情总是少不了一种性腺的分泌，这当是无可置疑的。对于极大多数的人，同一的对象不能永久引发出他们的这种分泌，还有随着年事增长，性腺也萎缩了。人们在这个问题上十分虚伪，不肯面对现实……难道爱怜与爱情可以同日而语吗？"性爱是不能忽视荷尔蒙的，这无可非议。但性爱就是爱情吗？从"这将永远妨碍人们在爱情中获得完美幸福"一语来看，支持性爱的荷尔蒙，并不见得也能够支持爱情。由此可见，性爱和爱情并不是一码事。那么，支持着爱情的是什么呢？难道"性腺也萎缩了"，一对老夫老妻就不再可能有爱情了吗？并且，爱情若一味地拘于荷尔蒙的领导，又怎能通向仁爱的永恒与善呢？难道爱情与仁爱是互不相关的两码事？

三十

单纯的性爱难免是限于肉身的。总是两个肉身的朝朝暮暮，真是难免有互相看腻的一天。但，若是两个不甘于肉身的灵魂呢？一同去承受人世的危难，一同去轻蔑现实的限定，一同眺望那无限与绝对，于是互相发现了对方的存在、对方的支持，难离难弃……这才是爱情吧。在这样的栖居或旅程中，荷尔蒙必相形见绌，而爱愿弥深，衰老的肉身和萎缩的性腺便不是障碍。而这样的爱一向是包含了怜爱的，正如苦弱的上帝之于苦弱的人间。毛姆还是糊涂哇。其实怜爱是高于性爱的。在荷尔蒙的激励下，昆虫也有昂扬的行动；这类行动，只是被动地服从着优胜劣汰的自然法则，最多是肉身间短暂的娱乐。而怜爱，则是通向仁爱或博爱的起点啊。

仁爱或博爱，毛姆视之为善。但我想，一切善其实都是出于这样的爱。我看不出在这样的爱愿之外，善还能有什么独具的价值，相反，若视"正当"为善，倒要有一种危险，即现实将把善制作成一副枷锁。

三十一

耶稣的话："我还有不多的时候与你们同在。后来你们要找我，但我所去的地方你们不能到。这话我曾对犹太人说过，如今也照样对你们说。我赐给你们一条新命令，乃是叫你们彼此相爱。我怎样爱你们，你们也要怎样相爱。"

林语堂说："这就是耶稣温柔的声音，同时也是强迫的声音，一种近二千年来浮现在人了解力之上的命令的声音。"

我想，"正当"也会是一种强迫和命令的声音，但它不会是温柔的声音。差别何在？就在于，前者是"近两千年来浮现在人了解力之上的"声音，是无限与绝对的声音，是人不得不接受的声音，是人作为部分而存在其中的那个整体的声音，是你终于不要反抗而愿皈依的声音。而后者，是近二千年来人间习惯了的声音，是人智制作的声音，是肉身限制灵魂、现实胁迫梦想的声音，是人强制人的声音。

三十二

　　我希望我并没有低估了性爱的价值，相反，我看重这一天地之昂扬美丽的造化，便有愁苦，便有忧哀，也是生命鲜活的存在。低估性爱，常是因为高估了性爱而有的后果。将性腺作为爱的支撑，或视为等值，一旦"东风无力百花残"或"无边落木萧萧下"，则难免怨屋及乌，叹"人生苦短"及爱也无聊。尚能饭否或尚能性否，都在其次，尚能爱否才是紧要，值得双手合十，谓曰：善哉，善哉！

　　我曾在另外的文章里猜想过：性爱，原是上帝给人通向宏博之爱的一个暗示，一次启发，一种象征，就像给戏剧一台道具，给灵魂一具肉身，给爱愿一种语言……是呀，这许多器具都是何等精彩，精彩到让魔鬼也生妒意！但你若是忘记了上帝的期待，一味迷恋于器具，靡非斯特定会在一旁笑破肚皮。

三十三

　　性爱，实在是借助肉身而又要冲破肉身的一次险象环生的壮举。你看那姿态，完全是相互融合的意味；你听那呼吸，那呼喊，完全是进入异地的紧张、惊讶，是心魂破身而出才有的自由啊！性爱的所谓高峰体验，正是心魂与心魂于不知所在之地——"太虚幻境"或"乌托之邦"——空前的相遇。不过，正也在此时，魔鬼要与上帝赌一个结局：也许他们就被那精彩的器具网罗而去，也许，他们由此而望见通向天国的"窄门"。

三十四

因此，我虽不是同性恋者，却能够理解同性恋。爱恋，既是借助肉身而冲破肉身，性别就不是绝对的前提，既是心魂与心魂的相遇，则要紧的是他者。他者即异在。异性只是异在之一种，而且是比较习常的一种，比较地拘于肉身的一种，而灵魂的异在却要辽阔得多，比如异思和异趣，尤其是被传统或习常所歧视、所压迫着的异端，更是呼唤着爱去照耀和开垦的处女地。在我想，一切爱恋与爱愿，都是因异而生的。异是隔离，爱便是要冲破这隔离；异又是禁地，是诱惑，爱于是有着激情；异还可能是弃地，是险境，爱所以温柔并勇猛（我琢磨，性腺的分泌未必是爱的动因，没准儿倒是爱的一项后果或辅助）。这隔离与诱惑若不单单由于性之异，凭什么爱恋只能在异性之间？超越了性之异的爱恋，超越了肉身而在更为辽阔的异域团聚的心魂，为什么不同样是美丽而高贵的呢？

三十五

人与人之间是这样，群、族乃至国度之间也应该是这样——异，不是要强调隔离与敌视，而是在呼唤沟通与爱恋。总是自己恋着自己，狭隘不说，其实多么猥琐。党同伐异，群同、族同乃至国同伐异，我真是不懂为什么这不是猥琐而常常倒被视为骨气？我们从小就知道要对别人怀有宽容和关爱，怎么长大了倒糊涂？作为个人，谦虚和爱心是美德，怎么一遇群、族、国度就要以傲慢和警惕取而代之？外交和国防自然是不可不要，就像家家门上都得有把锁，可是心里得明白：这不是人类的荣耀，这是不得已而为之。千万别把这不得已而为之看成美德，一说"我们"便意味着迁就和表彰，一提"他们"就已经受了伤害。

三十六

　　"第三者"怎么样？"第三者"不也是不愿受肉身的束缚，而要在更宽阔的领域中实现爱愿吗？可能是。也可能不是。比如诗人顾城的故事，开始时仿佛是，结果却不是。"第三者"的故事各不相同，绝难一概而论。

　　"第三者"的故事通常是这样：A 和 B 的爱情已经枯萎，这时出现了 C——比如说 A 和 C，崭新的爱情之花怒放。倘没有什么法律规定人一生只能爱一次，这当然就无可指责。问题是，A 和 B 的爱情已经枯萎这一判断由谁做出？倘由 C 来做出，那就甭说了，其荒唐不言而喻；所以 C 于此刻最好闭嘴。由 B 做出吗？那也甭说，这等于没有故事。当然是由 A 做出。然而 B 不同意，说："A，你糊涂哇！"所以 B 不退出。C 也不退出，A 既做出了前述判断，C 就有理由不退出。我曾以为其实是 B 糊涂，A 既对你宣布了解散，你再以什么理由坚持也是糊涂。可是，故事也可能这样发展：由于 B 的坚持，A 便有回心转意的迹象。然而 C 现在有理由不闭嘴了，C 也说："A，你糊涂哇！"于是 C 仍不退出。如果诗人顾城最初的梦想能够在 A、B、C 间实现，那就会有一个非凡的故事了。但由 B 和 C 都说"A，你糊涂哇"这件事看来，A 可能真是糊涂——试图让水火相容，还不糊涂吗？可是，糊涂是个理性概念，而爱情，都得盘算清楚了才发生吗？我才明白，在这样的故事里，并没有客观的正确，绝不要去找一条放之四海而皆准的真理。这不是理性的领域，但也不是全然放弃理性的领域，这是存在先于本质的证明；一切人的问题，都在这样的故事里浓缩起来，全面地向你提出。

三十七

我想，在这样的处境中，唯一要做并且可以做到的是诚实。唯诚实，是灵魂的要求，否则不过是肉身之间的旅游，"江南""塞北"而已，然而"小桥流水"和"大漠孤烟"都可能看腻，而灵魂依然昏迷未醒。"第三者"的故事中，最可悲哀、最可指责也是最为荒唐的，就是欺骗——爱情，原是要相互敞开、融合，怎么现在倒陷入加倍的掩蔽和逃离了呢？

通常的情况是 A 和 C 骗着 B。不过这也可能是出于好意——何苦让 B 疯癫、跳楼或者割腕呢？尤其 B 要是真的出了事，A 和 C 都难免一生良心不安。于是欺骗似乎有了正当的理由。可是，被骗者的肉身平安了，他的灵魂呢，二位可曾想过吗？ B 至死都处在一个不是由自己选择而是由别人决定的位置上；所有人都笑着他的愚蠢，只他自己笑着自己的幸福。然而，你要是人道的，你总不能就让他去跳楼吧？你要是人道的，你也不能丢弃爱情一辈子守着一个随时可能跳楼的人吧？是呀，甭说那么多好听的，倘这故事真实地发生在你身上，说吧，简单点儿，你怎么办？

三十八

我真的不知道该怎么办。

我的第一个想法是：在这样的故事里我宁愿是 B。不要疯癫，也别跳楼，痛苦到什么程度大约由不得我，但我必须拎着我的痛苦走开。不为别的，为的是不要让真变成假，不要逼着 A 和 C 不得不选择欺骗。痛苦不是丑陋，结束也不是，唯要挟和诅咒可以点金成石，化珍宝为垃圾，使以往的美丽毁于一旦。是呀，这是 B 的责任，也是一个珍视灵魂相遇的恋者的痛苦和信念。"第三者"的故事，通常只把 B 看作受害者而免去了他的责任，免去了对他的灵魂提问。第二个想法是：在这样的故事里，柔弱很可能美于坚强，痛苦很可能美于达观。爱情不是出于大脑的明智，而是出于灵魂的牵挂，不是肉身的捕捉或替换，而是灵魂的漫展和相遇。因而一个犹豫的 A 是美的，一个困惑的 B 是美的，一个隐忍的 C 是美的；所以是美的，因为这里面有灵魂在彷徨，这彷徨看似比不上理智的决断，但这彷徨却通向着爱的辽阔，是爱的折磨，也是命运在为你敲开信仰之门。而果敢与强悍的"自我"，多半还是被肉身圈定，为荷尔蒙所胁迫，是想象力的先天不足或灵魂的尚未觉悟。

三十九

　　爱情，从来与艺术相似，没有什么理性原则可以概括它、指引它。爱情不像婚姻是现实的契约，爱情是站在现实的边缘向着神秘未知的呼唤与祈祷，它根本是一种理想或信仰。有一句诗：我爱你，以我童年的信仰。你说不清它是什么，所以它是非理性的，但你肯定知道它不是什么，所以它绝不是无理性。对于现实，它常常是脆弱的——比如人们常问艺术：这玩意儿能顶饭吃？——明智而强悍的现实很可能会泯灭它。但就灵魂的期待而言，它强大并且坚韧，胜败之事从不属于它，它就像梵高的天空和原野，燃烧，盛开，动荡着古老的梦愿，所有的现实都因之显得谨小慎微，都将聆听它对生命的解释。因而我在《向日葵》的后面常看见一个赴死的身形，又在《有松树的山坡》上听见亘古回荡的钟声。

四十

　　那回荡的钟声便是灵魂百折不挠的脚步，它曾脱离某一肉身而去，又在那儿无数次降临人世，借无数肉身而万古传扬。生命的消息，就这样永无消损，永无终期。不管科学的发展——比如克隆、基因、纳米——将怎样改变世界的形象，改变道具和布景，甚至改变人的肉身，生命的消息就如这钟声，或这钟声之前荒野上的呼唤，或这呼唤之上的浪浪天风，绝不因某一肉身的枯朽而有些微减弱，或片刻停息。这样看，就不见得是我们走过生命，而是生命走过我们；不见得是肉身承载着灵魂，而是灵魂订制了肉身。就比如，不是音符连接成音乐，而是音乐要求音符的连接。那是固有的天音，如同宇宙的呼吸，存在的浪动，或神的言说，它经过我们然后继续它的脚步，生命于是前赴后继永不息止。为什么要为一个音符的度过而悲伤？为什么要认为生命因此是虚幻的呢？一切物都将枯朽，一切动都不停息，一切动都是流变，一切物再被创生。所以，虚无的悲叹，寻根问底仍是由于肉身的圈定。肉身蒙蔽了灵魂的眼睛，单是看见要回那无中去，却忘了你原是从那无中来。

四十一

当然，每一个音符又都不容忽略，原因简单：那正是音乐的要求。这要求于是对音符构成意义，每一个音符都将追随它，每一个音符都将与所有的音符相关联，所有的音符又都牵系和铸造着此一音符的命运。这就是爱的原因，和爱的所以不能够丢弃吧。你既是演奏者，又是欣赏者；既是脚步，又是聆听。孤芳自赏从根本上说是不可能的，单独的音符怎么听也像一声噪响，孤立的段落终不知所归。音符和段落，倘不能领悟和追随音乐的要求，便黄钟大吕也是过眼烟云，虚无的悲叹势在必然。以肉身的不死而求生命的意义，就像以音符的停滞而求音乐的悠扬。无论是今天的克隆，还是古时的炼丹，以及各类自以为是的功法，都不可能使肉身不死。不死的唯有上帝写下的起伏跌宕、苦乐相依的音乐，生命唯在这音乐中获得意义，驱散虚无。而这永恒的音乐，当然是永恒地要求着音符的死生相继，又当然会跳过无爱的噪响，一如既往保持其美丽与和谐。

四十二

爱，即孤立的音符或段落向着那美丽与和谐的皈依，再从那美丽与和谐中互相发现：原来一切都是相依相随。倘若是音符间的相互隔离与排拒，美丽与和谐便要破坏。但上帝的音乐岂容破坏？比如说，地球的美丽是不容破坏的，生态的和谐是不容破坏的，被破坏的只可能是破坏者自己。比如说，上帝之手将借助干旱、沙尘暴、艾滋病、环境污染、臭氧层破洞……删除造成这一切不和谐的赘物。癌症是什么？是和谐整体中的一个失去控制的部分，这差不多是对无限膨胀着的人类欲望的一个警告。艾滋病是什么？是自身免疫系统的失灵，而生态的和谐正是地球的自身免疫系统。上帝是严厉而温柔的，如果自以为是的人类仍然听不懂这暗示，地球上被删除的终将是什么应该是明显的。

四十三

书架上的书，一本一本几千本，看似各成一体相互孤立，其实全有关联。几千年的消息都在那儿排开，穿插，叠擦，其相互关联的路径更是玄机无限，鬼神莫测。真可谓"横看成岭侧成峰"，但其中任何一本都是"不识庐山真面目"。

我猜想，基因谱系也并不是孤立的每人一份，上帝不见得有那样的耐心，上帝写的是大文章，每个人的基因谱系只是其中一个小小的段落，把这些段落连成一气才可能领悟上帝的意图。领悟，而非破解。用陈村的话说，上帝的手艺哪能这么简单？比如，基因谱系中何以会有很多不知所云的段落？不知所云只是对人而言，只是对"岭"和"峰"而言，是整体对部分而言。部分只好是"知不知，尚矣"。这便是命运永远的神秘，便是人要对上帝保持谦恭，要对他说"是"，要以爱作为祈祷的缘由。

四十四

听说有个人称"易侠"的人，《易经》研究得透彻，不仅可以推算过去，还能够预测未来。我先是不信，可是说的人多了，有的还是亲身体验，我便将信将疑地有些怕——倘那是真的，岂不是说未来早都安排妥当，那人的努力还有什么用处？再那么认真地试图改变什么岂不是冒傻气？但后来想想，也没什么可怕，未来的已定与未定其实一样，未定得往前走，已定也还是得往前

走，前面呢，或一个死字挡道，或一条无限的路途。这就一样
了——反正你在过程之外难有所得。

我写过，神之下凡与人之下放异曲同工，都是"在改造客观
世界的同时改造主观世界"。很可能"改造客观世界"倒是瞎说，
前面终于是死亡或无限，你改造什么？而"改造主观世界"确凿
是你躲不开的工作。比如戏剧，演员身历其境，其体会自然与旁
观者的不同。下凡或下放大约就是基于这样的考虑：下去吧，亲
身经历一回，感受会不一样。倘"易侠"的预测真的准确，就更
可以坚定这改造的决心了——是呀，剧本早都写好了，演员的责
任就很明确：把戏演好，别的没你什么事。何谓演好？就是在那
戏剧的曲折与艰难中体会生命的意义，领悟那飘荡在灯光与道具
之上的戏魂，改变你固有的迷执。

四十五

说文学（和艺术）的根本是真实，这话我想了又想还是不同
意。真实，必当意味着一种客观的标准，或者说公认的标准，否
则就不能是真实，而是真诚。客观或公认的标准，于法律是必要
的，于科学大约也是必要的，但于文学就埋藏下一种危险，即取

消个人的自由，限定探索的范围。文学，可以反映现实，也可以探问神秘和沉入梦想。比如梦想，你如何判定它的真实与否呢？就算它终于无用，或是彻底瞎掰，谁也不能取消它存在与表达的权利。即便是现实，也会因为观察点的各异，而对真实有不同的确认。一旦要求统一（即客观或公认）的真实，便为霸权开启了方便之门。而不必统一的真实则明显是一句废话。

四十六

　　不必统一的真实，不如叫作真诚。文学，可以是从无中的创造，就是说它可以虚拟，可以幻想，可以荒诞不经，无中生有，只要能表达你的情思与心愿，其实怎么都行，唯真诚就好。真诚，不像真实那样要求公认，因此它可以保障自由，彻底把霸权关在了门外。

　　不过，当然，在真诚的标牌下完全有可能瞎说，胡闹，毫无意义地扯淡——他自称是真诚，你有什么话讲？可是，你以为真实的旗帜下就没人扯淡吗？总是有扯淡的，但真诚下的扯淡比真实下的扯淡整整多出了一个自由，这可是多么值得！说到底，文学（和艺术）是一种自由，自由的思想，自由的灵魂。倘不是没有自我约束的自由，那就叫作真诚，或者是谦恭吧。

四十七

不过，我对文学二字宁可敬而远之。一是我确实没什么学问，却又似乎跟文学沾了一点儿关系。二是，我总感到，在各种学（包括文学）之外，仍有一片浩瀚无边的存在；那儿，与我更加亲近，更加难离难弃，更加缠缠绕绕地不能剥离，更是人应该重视却往往忽视了的地方。我愿意把我与那儿的关系叫作：写作。到了那儿就像到了故土，倍觉亲切。到了那儿就像到了异地，倍觉惊奇。到了那儿就像脱离了这个残损而又坚固的躯壳，轻松自由。到了那儿就像漫游于死中，回身看时，一切都有了另外的昭示。

四十八

有位评论家，隔三岔五地就要宣布一回：小说还是得好看！我一直都听不出他到底要说什么。这世界上，可有什么事物是得不好看的吗？要是没有，为什么单单拧着小说的耳朵这样提醒？再说了，你认为谁看着你都好看吗？谁看着你看着好看的东西都好看吗？要是你给他一个自以为好看的东西，他却拧着你的耳朵说："你最好给我一个好看的东西！"——你是否认为这是一次有益的交流？也许有益：你知道了好看是因人而异的。还有：但愿你也知道了，总是以自己的好看要求别人的好看，这习惯在别人看来真是不好看。

好看，在我理解，只能是指易读。把文章尽量写得易读，这当然好，问题是众生思绪千差万别，怎能都易到同一条水平线上去？最易之读是不读，最易之思是不思，易而又易，终于弄到没有差别时便只剩下了简陋。

四十九

不知自何时起，中国人做事开始提倡"别那么累"，于是一切都趋于简陋。比如"文革"中的简易楼，简易到没有上下水，清晨家家都有人端出一个盆来在街上走，里面是尿。比如我座下的国产轮椅，一辆简似一辆，有效期递减；直到最近又买了一辆进口的，这辆真是做得细致，做得"累"，然而坐着却舒服。再比如我家的屋门——二十世纪八十年代的作品，我无力装修故保留至今——不过是盖房时空出一个方洞，挡之以一块同大的板，再要省事就怕不是人居了。

五十

爱因斯坦说："凡是涉及实在的数学定律都是不确定的，凡是确定的定律都不涉及实在。"因为，任何实在，都有着比抽象（的定律）更为复杂的牵系。各种科学的路线，都是要从复杂中抽象出简单，视简单为美丽，并希望以此来指引复杂。但与此同时，它也就看见了抽象与实在之间其实有着多么复杂的距离。而文学，命定地是要涉及实在，所以它命定地也就不能信奉简单。人类所以创造了文学，就是因为在诸多科学的路线之外看见了复杂，看见了诸学所"不涉及"的"实在"，看见了实在的辽阔、纷繁与威赫。所以，文学有理由站出来，宣布与诸学的背道而驰，即：不是从复杂走向简单，而是由简单进入复杂。因此我常有些很可能是偏颇的念头：在看似已然明朗的地方，开始文学的迷茫路。

五十一

简单与复杂，各有其用，只要不独尊某术就好。一旦独尊，就是牢狱。牢狱并不都由他人把守，自觉自愿画地为牢的也很多。牢狱也并不单指有限的空间，有的人满世界走，却只对一种东西有兴趣。比如煽情。有那么几根神经天底下的人都是一样，不动则已，一动而泪下，谙熟了弹拨这几根神经的，每每能收获眼泪。不是说这不可以，是说单凭这几根神经远不能接近人的复杂。看见了复杂的，一般不会去扼杀简单，他知道那也是复杂的一部分。倒是只看见了简单的常常不能容忍复杂，因而愤愤然说那是庸人自扰，是"不打粮食"，是脱离群众，说那"根本就不是文学"，甚至"什么都不是",这样一来牢狱就有了。话说回来,不是文学又怎么了?什么都不是又怎么了?一种思绪既然已经发生,一种事物既然已经存在,就像一个人已经出生,它怎么可能什么都不是呢?它只不过还没有一个公认的名字罢了。可是文学,以及各种学,都曾有过这样的遭遇啊!

五十二

文如其人,这话并不绝对可信。文,有时候是表达,是敞开,有时候是掩盖,是躲避,感人泪下的言辞后面未必没有隐藏。我自己就有这样的经验,常在渴望表达的时候却做了很多隐藏,而且心里明白,隐藏的或许比表达的还重要。这是为什么?为什么心里明白却还要隐藏?知道那是重要的却还要躲避?

不久前读到陈家琪的一篇文章,使我茅塞顿开。他说:"'是人'与'做人'在我们心中是不分的;似乎'是人'的问题是一个不言而喻的事实,要讨论的只是如何做人和做什么样的人。"又说:"'做人'属于先辈或社会的要求。你就是不想学做人,先辈和社会也会通过教你说话、识字,通过转换知识,通过一种文明化的进程,引导或强迫你去做人。"要你如何做人或标榜自己是如何做人的文学，其社会势力强大，不由得使人怕，使人藏，使人不由得去筹谋一种轻盈并且安全的心情；而另一种文学，恰是要追踪那躲避的，揭开那隐藏的，于是乎走进了复杂。

五十三

那复杂之中才有人的全部啊，才是灵魂的全面朝向。刘小枫说："人向整体开放的部分只有灵魂，或者说，灵魂是人身上最靠近整体的部分。"又说："追求整体性知识需要与社会美德有相当程度的隔绝……"要看看隐藏中的人是怎么一回事，不仅复杂而且危险。最大的危险就是要遭遇社会美德的阴沉的脸色。

五十四

我一直相信，人需要写作与人需要爱情是一回事。

　　人以一个孤独的音符处于一部浩瀚的音乐中，难免恐惧。这恐惧是因为，他知道自己的心愿，却不知道别人的心愿；他知道自己复杂的处境与别人相关，却不知道别人对这复杂的相关取何种态度；他知道自己期待着别人，却没有把握别人是否对他也有着同样的期待；总之，他既听见了那音乐的呼唤，又看见了社会美德的阴沉脸色。这恐惧迫使他先把自己藏起来，藏到甚至连自己也看不到的地方去。但其实这不可能，他既藏了就必然知道藏了什么和藏在了哪儿，只是佯装不知。这，其实不过是一种防御。他藏好了，看看没什么危险了，再去偷看别人。看别人的什么呢？看别人是否也像自己一样藏了和藏了什么。其实，他是要通过偷看别人来偷看自己，通过看见别人之藏而承认自己之藏，通过揭开别人的藏而一步步解救着自己的藏——这从恋人们由相互试探到相互敞开的过程，可得证明。是呀，人，都在一个孤独的位置上期待着别人，都在以一个孤独的音符而追随那浩瀚的音乐，以期生命不再孤独，不再恐惧，由爱的途径重归灵魂的伊甸园。

五十五

　　奇斯洛夫斯基的《情戒》，就是要为这样的偷看翻案，使这背了千古骂名的行为得到世人的理解，乃至颂扬。影片说的是一个身心初醒的大男孩，爱上了对面楼窗里的一个成熟女人，不分昼夜地用望远镜偷看她，偷看她的美丽与热情、孤独与痛苦。当这女人知道了这件事后，先是以不齿的目光来看他。幸而这是个善良的女人，善良使她看见了大男孩的满心虔诚。但她仍以为这只是性的萌动与饥渴，以为可以用性来解救他。但当她真的这样做了，大男孩却痛不欲生，惊慌地逃离，以致要割腕自杀。为什么呢？因为他的期待远不止于性啊！他的期待中，当然，不会没有性。其身心初醒就像刚刚走出了伊甸园，感到了诱惑，感到了孤独，感到了爱——这灵魂全面且巨大的吁求！性只是其一部分啊，部分岂能代替整体？尤其当性仅仅作为性的解救之时，性对那整体而言就更加陌生，甚至构成敌意。大男孩他说不清，但分明是感到了。他的灵魂正渴望着接近那浩瀚的音乐，却有一种筹谋——试图把复杂的沉重解救到简单的轻盈中去的筹谋，破坏了这音乐之全面的交响。

五十六

当然，这大男孩会逐日成熟，就像人出了伊甸园会越走越远。未来，他也许仍会记得灵魂所期待的全面解救，性从而成为爱的仆从，部分将永久地仰望整体。但也许他就会忘记整体，沉湎于部分所摆布的快乐之中；就像那个成熟的女人，以为性即可解救被逐出了伊甸园的人。未来什么都是可能的。但现在，对于这个大男孩，灵魂的吁求正全面扑来，使他绝难满足于部分的快乐。所幸者，在影片的末尾，那成熟的女人似也从这男孩的迷茫与挣扎中受了震动，仿佛重新听见了什么。

五十七

应该为这样的偷看平反昭雪。除了陷害式的偷看，世间还有一种"偷看"，比如写作。写作，便是迫于社会美德的围困，去偷看别人和自己的心魂，偷看那被隐藏起来的人之全部。所以，这样的写作必"与社会美德有相当程度的隔绝"。这样的偷看应该受到颂扬，至少应该受到尊重，它提醒着人的孤独，呼唤着人的敞开，并以爱的祈告去承担人的全部。

五十八

所以，别再到那孤独的音符中去寻找灵魂，灵魂不像大脑在肉身中占据着一个有形的位置，灵魂是无形地牵系在那浩瀚的音乐之中的。

据说灵魂是有重量的。有人做过试验，人在死亡的一瞬间体重会减轻多少多少克，据说那就是灵魂的重量。但是，无论人们如何解剖、寻找，"升天入地求之遍"，却仍然是"两处茫茫皆不见"。假定灵魂确有重量，这重量就一定是由于某种有形的物质吗？它为什么不可以是由于那浩瀚音乐的无形牵系或干涉呢？

这很像物理学中所说的波粒二象性。物质，"可以同时既是粒子又是波"，"粒子是限制在很小体积中的物体，而波则扩展在大范围的空间中"。它所以又是波，是"因为它产生熟知的干涉现象，干涉现象是与波相联系的"。我猜，人的生命，也是有这类二象性的——大脑限制在很小的体积中，灵魂则扩展得无比辽阔。大脑可以孤立自在，灵魂却牵系在历史、梦想以及人群的相互干涉之中。因此，唯灵魂接近着"整体性知识"，而单凭大脑（或荷尔蒙）的操作则只能陷于部分。

五十九

这使我想到文学。文学之一种，是只凭着大脑操作的，唯跟随着某种传统，跟随着那些已经被确定为文学的东西。而另一种文学，则是跟随着灵魂，跟随着灵魂于固有的文学之外所遭遇的迷茫——既是于固有的文学之外，那就不如叫"写作"吧。前者常会在部分的知识中沾沾自喜。后者呢，原是由于那辽阔的神秘之呼唤与折磨，所以用笔、用思、用悟去寻找存在的真相。但这样的寻找孰料竟然没有尽头，竟然终归"知不知"，所以它没理由洋洋自得，其归处唯有谦恭与敬畏，唯有对无边的困境说"是"，并以爱的祈祷把灵魂解救出肉身的限定。

六十

　　这就是"写作的零度"吧？当一个人刚刚来到世界上，就如亚当和夏娃刚刚走出伊甸园，这时他知道什么是国界吗？知道什么是民族吗？知道什么是东西方文化吗？但他却已经感到了孤独，感到了恐惧，感到了善恶之果所造成的人间困境，因而有了一份独具的心绪渴望表达——不管他动没动笔，这应该就是而且已经就是写作的开端了。写作，曾经就是从这儿出发的，现在仍当从这儿出发，而不是从政治、经济和传统出发，甚至也不是从文学出发。"零度"当然不是说什么都不涉及，什么都不涉及你可写的什么作！从"零度"出发，必然也要途经人类社会之种种——比如说红灯区和黑社会，但这与从红灯区和黑社会出发自然是不一样。

　　一个汉人在伊甸园外徘徊、祈祷，一个洋人也在伊甸园外徘徊、祈祷，如果他们相遇并且相爱，如果他们生出一个不汉不洋或亦汉亦洋的孩子，这孩子在哪儿呢？仍是在伊甸园外，在那儿徘徊和祈祷。这似乎有着象征意味。这似乎暗示了人或写作的永恒处境，暗示了人或写作的必然开端。什么国界呀、民族呀、甲方乙方呀，那原是灵魂的阻碍，是伊甸园外的堕落，是爱愿和写作所渴望冲开的牢壁，怎么倒有一种强大的声音总要把这说成是写作的依归呢？

六十一

回到原来的话题吧。从人的"魂（波）脑（粒）二象性"——恕我编造此名，也是一种无知无畏吧——来看，人就不能仅仅是有形的肉身。就是说，生命既是有形的、单独的粒子，又是无形的、呈互相干涉的波。甚至一个人的出生，一个承载着某种意义的生命之诞生，也很像量子理论的描述："在亚原子水平上，物质并不确定地存在于一定的地方，而是显示出'存在的倾向性'；原子事件也不在确定的时间以一定的方式发生，而是显示出'发生的倾向性'。""亚原子粒子并非孤立的实体，而只能被理解为实验条件与随后的测定之间的相互关系，量子论从而揭示了宇宙的一种基本的整体性。"人的生命，或生命的意义，也是这样不能孤立地理解的，还是那句话，它就像浩瀚音乐中的一个音符，一个段落，孤立看它不知所云，唯在整体中才能明了它的意义。什么意义？简单说，就是音符或段落间的相关相系，不离不弃，而这正是爱的昭示啊！

六十二

　　那么，灵魂与思想的区别又是什么呢？任何思想都是有限的，既是对着有限的事物而言，又是在有限的范围中有效。而灵魂则指向无限的存在，既是无限的追寻，又终归于无限的神秘，还有无限的相互干涉以及无限构成的可能。因此，思想可以依赖理性。灵魂呢，当然不能是无理性，但它超越着理性，而至感悟、祈祷和信心。思想说到底只是工具，它使我们"知"和"知不知"。灵魂则是归宿，它要求着爱和信任爱。思想与灵魂有其相似之处，比如无形的干涉。但是，当自以为是的"知"终于走向"知不知"的谦恭与敬畏之时，思想则必服从乃至化入灵魂和灵魂所要求的祈祷。但也有一种可能，因为理性的狂妄，而背离了整体和对爱的信任，当死神必临之时，孤立的音符或段落必因陷入价值的虚无而惶惶不可终日。

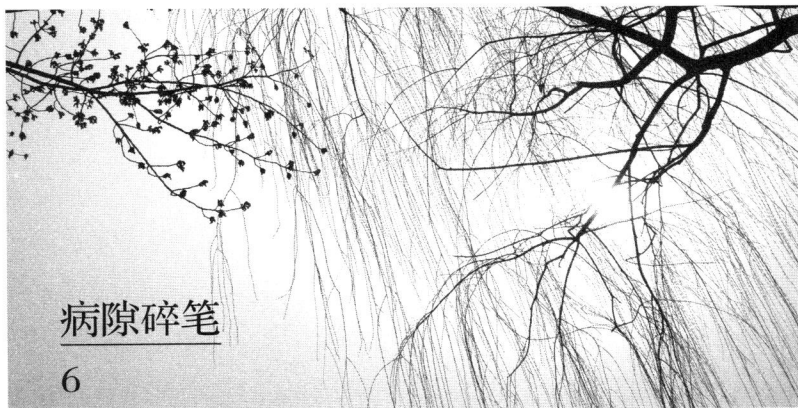

病隙碎笔
6

Shi Tiesheng

尴尬是一种可贵的能力。因为，反躬自问是一切爱愿和思想的初萌。要是你忽然发现你处在了尴尬的地位，这不值得惊慌，也最好不要逃避，莫如由着它日日夜夜惊扰你的良知，质问你的信仰，激活你的思想；进退维谷之日正可能是别有洞天之时，这差不多能算规律。

一

一个人对一个人说（碰巧让我听见）："他们提倡爱，可他们挣的钱可不比谁少。""他们"不知是指谁，我听了心里却忽悠悠地一下子没了着落。我知道这问题我心里一直都有，只是敷衍着，回避着，就像小时候听见死，心里黑洞洞的不敢再想。我不能算是穷人，也没打算把财产都捐献出去，可我像"他们"一样，自以为心存爱愿。也许是要为自己辩护，也许不完全是，觉得这问题是得认真想想了。

这问题的完整表述是这样：对所有提倡爱并自信怀有爱愿的人来说，当世界上还有很多人比你贫穷，因而生活得比你远为艰难的时候，你的爱愿何以落实？或者说，当他人的贫困与你的相对富足并存之时，你的爱愿是否踏虚蹈空？甚至，你的提倡算不算是一种虚伪？

二

这确实是个严峻的问题，不容含糊的问题。但想来，这还会是一个令多数人陷于尴尬的问题。因为你很少可能不是一个相对富足的人，因为贫困之下还有更贫困，更贫困之下还有更更贫困；差别从未在人类历史上消灭过，而且很难想象它终于会消灭。还有一层，贫困的位置其实是谁都不喜欢的，一有机会，这位置很少有人愿意留给自己。这样，依照前述逻辑，还有几个人敢说自己心怀爱愿呢？还有多少爱愿敢说是脚踏实地呢？甚至，爱愿，还剩下多少脚踏实地的机会呢？然而爱愿是要弘扬与实践的，是要蔚然与恒久的呀。可要是依照前述逻辑，爱愿，或爱的信奉，就只少数人够资格享有它了，而且还是在一个随时希望放弃这资格的时间段里。

三

然而，这种注定是少而临时的资格，这种仅以贫富为甄别的爱愿，还是人类亘古期盼的那种爱愿吗？不错，人应当互爱互助，应当平等，为富不仁是要受到谴责的。但是，当受谴责的是"不仁"，而非"为富"呀。请稍微冷静些，想一想被溺爱惯坏的孩子吧——爱愿若仅意味着贫富的扯平，它不会成为游手好闲者的倚赖吗？它不会成为好吃懒做者的温床吗？甚至，它不会娇纵出觊觎他人劳动成果的贼目与偷手吗？

于是乎还有一件事也就明白了：在以阶级斗争为纲的年代，爱愿何以越来越稀疏，越狭隘，最后竟弄到荒唐滑稽的地步。比如曾经有过这样的事：公交车上上来一位老人，是否给他让座也要先问问他是贫农还是地主，是工人还是工贼。

四

为贫困者捐资，无疑是爱愿的一种实践，但这就能平定前述那严峻的一问吗？先看看捐资之后怎样了吧。捐资之后，捐资者与受捐者就一样富有了吗？大半不会。大半还会是捐资者比受捐者富有，还会是贫与富并存，贫富之间的差距也不见得就能缩小，因而前述局面并无改观——爱愿依然要面对那严峻的一问，而且依然是不容含糊。除非你捐到一贫如洗。可这样的人有吗？

且慢，这样的人历史中确凿是有几个的！有几位伟人，有几位圣贤，料必也会有几位不为人知的隐者。不过这又怎样呢？事实上他们也只能作为爱愿的引导和爱者的崇尚，不大可能推广。崇尚而不可能推广，这就怪了，这里头有事儿，当然不是咬牙跺脚写血书的事儿。

五

什么事儿呢？比如平均主义。贫富扯平不就是平均主义吗？可平均主义的后果料必一大半中国人都还记得。平均绝难平均到全面富裕，只可能平均到一致的贫穷——就像赛跑，不可能大家跑得一样快，但可以让大家跑得一样慢。但麻烦还不在这儿，麻烦的是，平均主义是要以牺牲自由为代价的。为什么？很简单：既不能平均到全面富裕，便只好把些不听话的削头去足都码码齐，即便是码成一致的贫穷也在所不惜。不听话的——真正的麻烦在这儿！平均必然要以强制为倚靠，强制会导致什么，历史已屡有证明。三十年前我在农村插队，村中就有几个脑筋"跑得快"的，只因想单干，就被推到台上去批斗。另几个不听话的，只为把自家的细粮卖了，换成更经吃的玉米和高粱，便被一绳捆去，以"投机倒把罪"坐了班房。

六

平均不是平等。平等是说人的权利，大家站在同一条起跑线上。平均单讲收获，各位请在终点上排齐。平等，应该为能力低弱或起步艰难的人提供优越条件，但不保证所有的人一齐撞线。平均却可能鼓励了贪懒之徒，反正最后大家都一样。平均其实是物质至上的，并不关涉精神；精神可怎么平均？比如自由和爱情，怎么平均？平均只可能是一个经济概念，均贫富。平等则指向人的一切权利。平等的信念必然呼唤法治，而平均的热情多半酝酿造反。这样的造反当然不会造出法治，只不过再次泄露"宝葫芦的秘密"——分田分地真忙。但这样忙过之后怎样了呢？我曾在陕北插队，那是个特殊的地方，解放得早，先后有过两次土改：第一次均贫富之后不久，又出现了新贫农和新富农，于是又来了一次。这有点儿像孩子玩牌，矫情，一瞧要输就推倒重来。这样的玩法不可再三，再三的结果是大家都变得懒惰、狡猾；突出的事例是，分到田的人先都把田里的树伐作自家的木材，以期重新发牌时不会吃亏。可后来发现这其实白搭，再洗牌时所有的地里都只剩着黄土了。

七

崇尚而不能推广，原因就在这儿。平均，原也是多么美好的愿望啊，然而不好意思，人性确凿是有些丑陋。人生来就有差别，不可能都自觉自愿去平均；这是事实而非道理，道理出于事实而非相反。当然爱愿并不满足于事实，这是后话。

那么，强制平均怎样？可强制本身就不平均——谁来强制，谁被强制呢？或者，以强制来使人自觉自愿？这玩笑就开得大了，多半就要成全了强人篡取神位的图谋。倘人言即是神命，对也是对，错也是对，芸芸众生岂不凶多吉少？

人是不可替代神的，否则人性有恃无恐，其残缺与丑陋难免胡作非为。唯神是可以施行强制的——这天，这地，这世界，这并不完美的人性，以及这差别永在、困苦叠生的人之处境，都可理解为神的给定。上帝曾向约伯指明的，就是这个意思：你休想篡改这个给定，你必须接受它。就连耶稣，就连佛祖，也不能篡改它。不能篡改它，而是在它之中来行那宏博的爱愿。

八

必须接受人的罪性。人性并不那么清洁和善美。但幸而，人性中还埋藏着可以开掘的几分明智。这明智并不就是清洁和善美，但因其能够向往清洁和善美，能够看见人的残缺与丑陋，于是能够指望他建立起信仰，以及建立起一种叫作法律的东西，以此弥补人性的残缺，监视和管束人性的丑陋。

法律实出无奈，既是由于人的丑陋，当然也是出于人的爱愿。

贫穷的并不都是因为懒惰，富有的也未必全是靠着勤劳，相反，巧取豪夺也可致富，勤劳本分也有受了穷的。对此爱愿当然不可袖手一旁。但爱愿曾一时糊涂，相信了平均，结果不单事与愿违，反而引狼入室弄出了强制。

九

但法律不是强制吗？不过，此强制与彼强制有些不同。其一：法律是事先商定的规则，由不得谁见机行事，任意修改。比如足球，并非是由裁判说了算，而是由规则说了算，是为法治，故黑哨也逃不脱制裁。其二：法律是由大家商定的，不是由什么人来强制大家商定的，所以大家才自愿受其制约。又比如足球，一切规则都是为了保持足球的魅力，以赢得人们广泛的喜爱，倘只取决于权势的好恶，看台上寥寥然只坐着几门谁家的亲戚，那足球也就完了。

任何规则，都要有众人的理解与拥护才行，否则不过一纸空文。再比如足球，单是裁判和球员知其规则还不行，球迷要是不懂，这球也甭踢。比如说，自家一输球，看台上就起哄，再输，球迷就退场，那还不如甭踢，先就算你们赢了吧。不过，要是裁判有"猫儿腻"呢？当然，误判应当理解，偏袒也要忍耐而后申诉，但若有人以权压众，包庇、怂恿黑哨呢？甚至事先就已排定了比赛的结果呢？球迷们那就给他一大哄吧，然后退场——此乃义举，算得上护法行动。

十

法律不担保均贫富，正如规则不担保比赛结果。要是有谁担保了比赛结果，没问题你把他告上法庭。可要是有人担保了均贫富呢？人们却犹豫，甚至可能拥护他。就算发此誓愿者确无他图，可历史上有谁真正做到过均贫富吗？真正做到，同时又不损害人的自由，可能吗？就比如，有谁能让大家自由奔跑，又保证大家跑得一样快吗？有谁能把这山高谷深日烈风寒的行星改造得"环球同此凉热"吗？

骂一骂富人这很容易，甚至也不都是毫无理由，社会的不公既在，经常也就需要一些敏锐甚至挑剔的眼睛。不过另有一种可能：这愤怒其实比前述的尴尬还不如。尴尬是因为能够反躬自问，而比如说喊着"开'奔驰'的出去"的（听说最近上演着一出话剧，剧终时，剧中人便高亢地向观众这样喊），大约从未反观自己，否则他不难看出还有比他更贫穷的人，那么他出不出去呢？都出去了，只剩一个最穷的人，戏还怎么演呢？

十一

尴尬是一种可贵的能力。因为，反躬自问是一切爱愿和思想的初萌。要是你忽然发现你处在了尴尬的地位，这不值得惊慌，也最好不要逃避，莫如由着它日日夜夜惊扰你的良知，质问你的信仰，激活你的思想；进退维谷之日正可能是别有洞天之时，这差不多能算规律。

比如说，法律，正就是爱愿于尴尬之后的一项思想成果。而且肯定，法律的每一次完善，都是爱愿几经尴尬之后的别开生面。斥骂的畅快，往好里说是童言无忌，但若挺悠久的一种文化总那么孩子气，大半也不是好兆。比如说，那就为诘问备好了麻木，以愤怒代替了思考，尴尬倒是没了，可从此爱闹脾气。反躬自问越少，横眉冷对越多，爱愿消损，思想萎钝，规则一旦荒芜，比如说足球吧，怎么踢呢？很可能就会像一个自闭的儿童，抱了皮球，一脚一脚地朝着墙壁发狠，魔魔道道地自说自话。

十二

但是"朱门酒肉臭，路有冻死骨"，这事可怎么说？谁敢说这样的事已经没有？那么法律，对这样的结果也是听之任之吗？规则不是不担保结果吗？

但这不是结果呀，这正是法律或规则的起因。"朱门酒肉臭"先放一放再说，"路有冻死骨"则是在要求着法律的出面与完善。人有生的权利，有种种与生俱来的平等的权利，此乃天之赋予，即神命，是法律的根据。再比如足球，游戏规则是人订的，但游戏——游戏的欲望、游戏的限制、游戏的种种困阻和种种可能性，都是神定。这简直就是人生的比喻，人世的微缩，就像长河大漠就像地久天长就像宇宙无垠就像命运无常，都是神的给定，是神为使一种美丽的精神得以展开而设置的前提。这不是规则的结果，而是对规则的呼唤，是规则由之开始的地方。在这一切给定之后，神说：人生而平等（不是平均）。生，乃人之首要的平等权利。因而，倘有穷到活不下去的人，必是法律或规则出了问题，是完善它的时候，而非废弃它的理由。

十三

可要是这么说，是不是就有点儿可笑？法律既定，一有"冻死骨"，你就说这不是结果，这是法律的开始之地，是法律需要完善的时候，那法律还有什么权威？它岂不又是任人打扮的小姑娘了？非也，这不是任人打扮，这是神命难违。法律也不是绝对权威，绝对的权威是神命：人有生的权利！倘这儿出了差错，错的一定是人，唯去检点和完善人订的规则，切不可怀疑那绝对的命令。

可要是一个游手好闲之徒穷得活不下去了呢？也得白白送给

他衣食住所吗？是的，也得！穷，但不能让他穷到活不下去，这正是担保平等但不担保平均，担保权利但不担保结果呀。情愿如此潦倒而生的人，也是背弃了神约，背弃了爱愿（他只顾自己），但神不背弃任何人，爱愿依然照顾着他，随时为他备下一个平等的起点。

十四

幸而情愿这样潦倒而生的人并不多。更多的人，更多的时候，是听得见神的要求的。爱愿，不能是等待神迹的宠溺，要紧的一条是对神命的爱戴，以人的尊严，以人的勤劳和勇气，以其向善向美的追求，供奉神约，沐浴神恩。

从报纸上读到一篇文章，说是这世界上的某地，其监狱有如宾馆，狱中的食物稍不新鲜囚犯们也要抗议，文章作者（以及我这读者）于是不解：那么惩罚何以体现？我们被告知：此地的人都是看重自由的，剥夺自由已是最严厉的惩罚。又被告知：不可虐待囚徒，否则会使他们仇视社会。这事令我感动良久。这样的事出于何国何地无需计较，它必是出于严明的法律，而那法律之上，必是神命的照耀。唯对热爱自由、看重尊严的人，惩罚才能有效，就像唯心存爱愿者才可能真有忏悔。否则，或者惩罚无效，或者就复制着仇恨。没有规矩何出方圆？没有神领又何出规矩呢？爱愿必博大而威赫地居于规则之上。

十五

法律或规则既为人订，就别指望它一定没有问题。无法无天的地方已经很少，但穷到活不下去的却大有人在。比如有病没钱治的。比如老了没人养的。比如，设若资本至尊无敌，那连本钱都凑不足的人可怎么起步？比如我，一定要跟刘易斯站在一条起跑线上，不等着做"冻死骨"才怪。所以有了残奥会。残奥会什么意思？那是说：爱愿高于规则，神命高于人订。换言之：规则是要跟随爱愿的，人订是要仰仗神命的。但残奥会也要有规则，其规则仍不担保结果，这再次表明：神命并不宠爱平均，只关爱平等。残奥会的圣火并不由次神点燃，故其一样是始于平等，终于平等。电视上有个定期的智力比赛，这节目曾为残疾人开过一期专场，参赛者有肢残人，有聋哑人，有盲人，并无弱智者，可这一期的赛题不仅明显容易，而且有更多的求助于他人的机会，结果是全部参赛者都得了满分。我的感受是：次神出面了。次神是人扮的，向爱之心虽在，却又糊涂到家，把平等听成了平均。

十六

很久了，我就想说说尿毒症病人"透析"的事。三年前我双肾失灵，不得不以血液透析维持生命，但透析的费用之高是很少有人能自力承担的，幸而我得到了多方支援，否则不堪设想。否则会怎样？一是慢慢憋死（有点儿钱），二是快快憋死（没钱）。但憋死的过程是一样的残酷——身体渐渐地肿胀，呼吸渐渐地艰难，意识怪模怪样地仿佛在别处，四周的一切都仿佛浸泡在毒液里渐渐地僵冷。但这并不是最坏的感觉，最坏的感觉是：你的亲人在一旁眼睁睁地看着你，看着这样的过程，束手无策。但这仍不见得是最坏的感觉，最坏的感觉是：人类已经发明了一种有效的疗法，只要有钱，你就能健康如初，你就能是一个欢跳的儿子，一个漂亮的女儿，一个能干的丈夫或是一个温存的妻子，一个可靠的父亲或是一个慈祥的母亲，但现在你没钱，你就只好撕碎了亲人的心，在几个月的时间里一分一秒地撕，用你日趋衰弱的呼吸撕，用你忍不住的呻吟和盼望活下去的目光撕，最后，再用别人已经康复的事实给他们永久的折磨。谁经得住这样的折磨？是母亲还是父亲？是儿子还是女儿？是亲情还是那宏博的爱愿？

十七

我有过这样的经历，幸而经历到一半时得到了救援。因而我知道剩下的一半是什么。我活过来了，但是有不得不去走那另一半的人呀。我闭上眼睛不去看他们，但你没法也闭上心哪。我见过一个借钱给儿子透析的母亲，她站在透析室门外，空望着对面的墙壁，大夫跟她说什么她好像都已经听不懂了。我听说过一对曾经有点儿钱的父母，一天一天卖尽了家产，还是不能救活他们未成年的孩子。看见和听见，这多么简单，但那后面，是怎样由希望和焦虑终于积累成的绝望啊！

我听有位护士说过："看着那些没钱透析的人，觉得真还不如压根儿就没发明这透析呢，干脆要死都死，反正人早晚都得死。"这话不让我害怕，反让我感动。是呀，你走进透析室你才发现（我不是说其他时候就不能发现）最可怕的是什么：人类走到今天，怎么连生的平等权利都有了疑问呢？有钱和没钱，怎么竟成了生与死的界线？这是怎么了？人类出了什么事？

如果你再走进另一些病房，走到植物人床前，走到身患绝症者的床前，你就更觉荒诞：这些我们的亲人，这些曾经潇洒漂亮的人，这些曾经都是多么看重尊严的人，如今浑身插满了各种管子，吃喝拉撒全靠它们，呼吸和心跳也全靠它们，他们或终日痛苦地呻吟，或一无知觉地躺着，或心里祈盼着结束，或任凭病魔摆布。首先，这能算是人道吗？其次，当社会为此而投入无数资财的同时，却有另一些人得了并不难治的病，却因为付不起医疗费就耽误了。这又是怎么了？人类到底出了什么事？

十八

出了什么事？比如说，高科技在飞速发展，随之，要想使一个身患绝症的人仅仅保持住呼吸和心跳，将越来越不是一件难事了，但它的代价是越来越多的资金投入。一方面，新的医疗手段和设备肯定是昂贵的，其发展的无止境意味着资金投入的无止境。另一方面，人最终都要面对死亡，如果人的生存权利平等，如果仅仅保持住心跳和呼吸也算生存，那么这种高科技、高资金的投入就更是无止境。两个无止境加起来，就会出现这样一种局面：有限的社会财富，将越来越多地用于延长身患绝症者的痛苦，而对其他患者的治疗投入就难免捉襟见肘了。

绝没有反对科学发展的意思。但是，随着高科技的发展，医学必然或者已经提出一些哲学问题了。医学已不再只是一门救死扶伤的技术，而是也要像文学和哲学那样问一下生命的意义了，问一下什么是生？什么是死？生的意义如何？以及，"安乐死"是否正当？

十九

在不久前的《实话实说》节目中，听到一位法律专家陈述他反对"安乐死"的理由，他说得零乱，总结下来大致是两点。其一："安乐死"从实行（即立法和执法）的角度看，困难很多，因此他认为是不应该的。这可真叫逻辑混乱。一事之应不应该实行，并不取决于其实行是否有困难，而是取决于其实行是否正当。倘不正当，实行已失前提，还谈什么困不困难？倘其正当，那正是要克服困难的理由（以及正是表明法律专家并不白吃饭的时候），否则倒是默允或纵容了不正当。这样看，无论"安乐死"应不应该实行，都与困难无关，那专家说了半天等于什么都没说。

当然，应不应该，并不等于能不能够。见报纸上有文章说，从中国目前的条件看，"安乐死"还不能够很快实行。这我同意。但这又不等于说，我们不应该从现在就开始探讨它的正当性和可行性。

二十

我住过很多回医院，见过很多身患绝症的人，见过他们对平安归去的祈盼，见过因这祈盼不得回应而给他们带来的折磨，生理的和精神的折磨，分分秒秒不得间歇。我真是想不通这到底是为了什么。似乎只是为了一种貌似人道的习俗。这样的时候，你既看不到人的尊严，也看不到人的爱愿，当然也就看不出任何一点人道；那好像只是一次刑罚——一个堂堂正正的人，被病魔百般戏弄，失尽了尊严和自由，而另一些他的同类呢，要么冷漠地视而不见，要么爱莫能助，唯暗自祈祷着自己的归程万勿这般残忍。这简直是对所有人的一次侮辱，其辱不在死，人人都是要死的；其辱在于，历来自尊的人类在死亡面前竟是如此慌张和无所作为。刑罚所以比死更可怕，就在于人眼睁睁地丧失了把握命运的能力。我想，创造刑罚的人一定是深谙这一点的。可我们为什么要让那必来的"归去"成为刑罚呢？为什么不能让它成为人生之旅的光明磊落的结束，坦然而且心怀敬意地送走我们所爱的人呢？

当有人（以及每一个人都可能）受此酷刑的折磨与侮辱之时，法律和法律之上的爱愿，只摆出几项改变它必然要遇到的困难，就可以溜之大吉并且心安理得了吗？

二十一

那位法律专家反对"安乐死"的另一个理由是："人没有死的权利。"但是为什么呢？他未提供有力的说明。他除了说得有些蛮横，还说得有些含糊："死是自然而然的事。"但自然而然的事就一定正当吗？真若这样，要你法律专家干吗？不过，这一回的问题好像真的不太简单。

人没有死的权利——第一，这话可以翻译成：个人没有死的权利。比如"文革"中，一个终于受不住摧残与屈辱的人，要是自杀了，必落一个"自绝于人民自绝于党"的罪名；凭此罪名，你生前的一切就都被否定，你的亲朋好友就都可能受到株连。这是什么意思？这是说：你必须老老实实忍受屈辱，无权反抗，连以死抗争的权利都没有。当然，你已经自杀了说明你可以自杀，任何罪名对你都已毫无作用，但其实，那罪名是说给生者听的，是对一切生者的威吓，那是要取消所有人抗议邪恶势力的最后权利。还说"人没有死的权利"吗？一个人若连以死抗争的权利都被剥夺，可想而知，他还会有怎样的生的权利。

二十二

人没有死的权利——第二，此言也可作如下想：生的权利既为天赋，人便无权取消它；死既为天命之必然，故只可顺其自然。话说到这儿，真像是有些道理了。

但是未必。且不论生死之界定尚属悬案，只说：真这样顺其自然，医学又是干什么用的？医学，不是在抗拒死亡吗？倘若顺其自然，那么不仅医学，一切学、一切人的作为就都要取消。那样的话可真是顺其自然了——人将跑成一群漫山遍野地觅食、交配、繁衍，然后听天由命的物类了。理想也无，爱愿也无，前途嘛，不过是地平线以内四季的安排。有人说了：这样不好吗？可更多的人说：这样不好！说好的人就这样去好吧。说不好的人就有麻烦：为什么不好？以及，怎样才好？

二十三

　　人热爱自然，但料必没人会说人等同于自然。人既是自然的一部分，又是从自然中升华出来的异质，是异于自然的情感，异于物质的精神，异于其他物种的魂游梦寻，是上帝之另一种美丽的创造。上帝是要"乘物以游心"吧？他在创造了天地万物之后又做了一点手脚（比如抽取了亚当的一条肋骨，比如给了女娲一团泥巴），为的是看看那冷漠的天地间能否开放出一种热情，看看那热情能否张扬得精彩纷呈，再看看那精彩纷呈能否终于皈依他的爱愿。人热爱自然正如人珍重自己的身体，人不能等同于自然正如人要记住上帝的期待，否则自然无思无欲无梦无语，有了大熊猫等等也就足够，人来干吗？

　　依我浅见——绝非谦虚，我甚至有点儿不敢说但还是说吧：中国文化的兴趣，更多的是对自然之妙构的思问，比如人体是如何包含了天地之全息，比如生死是如何地像四季一样轮回，比如对天地厚德、人性本善的强调。这类思问玄妙高深精彩绝伦，竟令几千年后的现代物理学大为赞叹！所以中国人特别地喜欢顺其自然，淡泊无为，视自然为心性的依归。但那异于自然的情感呢，就比较地抑制；异于自然的精神呢，就比较地枯疏。所以中国人的养身之道特别发达，对生命意义的追问就不大顽固。

二十四

　　反对"安乐死"，看身患绝症者饱受折磨与屈辱而听之任之，大约都是因为不大过问生命的意义。人不是苟活苟死的物类，不是以过程的漫长为自豪，而是以过程的精彩、尊贵和独具爱愿为骄傲的。医学其实终不能抗拒死亡，人到底是要死的这谁都明白，那么医学（以及种种学）到底是干什么用的呢？其实，医学说到底仍只是一份爱愿，是上帝倡导爱愿的一项措施，是由之而对人间爱愿的一次期待。当有人身患绝症，生命唯饱受折磨而无任何意义之时，其他人却以顺其自然为由而袖手一旁，人间爱愿岂非自寻其辱？上帝的期待岂不就要落空？

　　"安乐死"还是不应该吗？还是要"自然而然"地任那绝症对人暴施折磨和侮辱吗？难道还有谁看不出"安乐死"并不是要取消人之生的权利，而是要解除那残酷的刑罚，是在那疑难的一刻仍要信奉神命、行其爱愿吗？神命难违，神不单给了人生的权利，还给了人自由的权利和追求幸福的权利。

二十五

神命不可违。可我心里一直都有个疑问：神是谁？神在哪儿？其实，哪一份神命不由人传？哪一种神性不由人来认信？哪一位先知或布道者不是人呢？如此，神还有什么超凡独具？还有什么绝对权威？谁不能造一个乃至若干个神出来，然后挟神祇以令众生？神岂不又是任人打扮了吗？

除非神亲临做证。除非神迹昭然——比如刹那间使饥饿的流民获得食品，转眼间使病残者康复如初。除非神于此刻亲宣其命，众目皆见，众耳皆闻。但是第一，真正见过神迹的人很少，通常都是人传，你可以信也可以不信。第二，因上述神迹而皈依信仰者，信的未必是神命，多半是看重了神的馈赠，这就难免又发展成对实利的膜拜，和对爱愿的淡忘。

那么，可有并非人传，而是众目皆见众耳皆闻的神迹吗？有啊，有啊！我们头上脚下的这个气象万千的星球不是吗？约伯终于对之说"是"的一切，不是吗？为什么把一根木棍变成蛇算得神迹，沧海桑田、日走星移倒不算？为什么点石成泉算得神迹，时时处处的"山重水复"和"柳暗花明"倒不算？为什么天地之种种慷慨的馈赠算，而世间之种种严酷的困阻就不算？

二十六

　　神命不可违，神命就得是一种绝对的价值要求，只可被人领悟，不能由人设定。故，那样的价值要求必得是始于（而非终于）天赋的事实（比如说"第一推动"），是人智不能篡改而非不许篡改的。不许，仍是人智所为；不能，才为人力不逮。那是什么呢？那正是神迹呀！这天之深远，地之辽阔，万物之生生不息，人之寻求不止的欲望和人之终于有限的智力，从中人看见了困境的永恒，听见了神命的绝对，领悟了：唯宏博的爱愿是人可以期求的拯救。

　　为什么单单是爱愿呢？恨不可以吗？以及独享福乐，不可以吗？恨与享乐，不过是顺从着人之并不清洁善美的本性，那是任何物种都有的自然倾向，因而那仍不过是顺其自然，并未看见人智之有限，并未听懂那天深地远之中的无声天启。那样的话，仍是只要有着大熊猫等等就够了，这冷漠的世界仍难升华出美丽的精神。所以，终于（而非出于）自然的拯救算不上拯救；断灭一切欲望以达无苦无忧的极乐之地，那是人的臆想，既非天赋事实，又非天启智慧，那才是出于人之妄念，终于人之无明吧。

二十七

我想，哪种文化也不是"第一推动"，哪种宗教也都不是"绝对的开端"，它们都是后果，或闻天启而从神命，或视人性本善为其圭臬。"第一推动"或"绝对的开端"，只能是你与生俱来的、躲不开也逃不脱的面对。唯在此后（无论是对于个人，还是对于人类）才有了生命的艰难，精神的迷惘，才有了文化和信仰，理性和启示，或也才有了妄念与无明。倘不是从这根本的处境出发，只从寺庙或教堂开始，料必听到的只是人传。

这又让我想到了文学，想到了"写作的零度"。只从经济、政治出发则类似数典忘祖，只从某种传统出发则近乎原地踏步，文学的初衷原是在那永不息止的"推动"与"开端"中找到心魂的位置。所以，文学料必在文学之外，论文料必在论文之外，神命料必在理性之外，人的跟随料必在现实之外。

二十八

比如说"己所不欲，勿施于人"，此语虽是人言，却既暗示了人不能篡改的天赋事实，又暗示了人要超越其自然本性的方向。己所不欲，意味着人之有欲，且欲之无限——这是天赋事实。人欲无限，则可能损及别人（他者），而为别人（他者）所不欲——这也是天赋事实。人在人群，每个人就都是自己也都是他人，人类是万灵万物之网的一脉，个人又是人类整体之一局部——这是人之独闻的天启，人于是恍然而悟：原来如此，唯整体的音乐可使单独的音符连接出意义，唯宏博的爱愿是人性升华的路径。所以爱愿不是人的自然本性，而是人超越大熊猫等等而独具的智慧，是见自然绝地而有的精神追寻，是闻神命而有的觉醒。

二十九

神，当然不是理性推导出来的，但却是理性看到了理性的无能才听见的启示。我不大相信理性走入绝地之前的神，那样的神多半是信徒期求优待——今生不可那就来世——所推举的偶像；优待哪有个完呢？弄来弄去便与贪官纵容自己的亲朋同流，结果是爱愿枯萎，人间唯多出几个乱收费的假庙。

理性走入绝地，有限的人智看见了无限的困阻，人才会变得谦恭，条条计策终见迷茫，人才在服从与祈祷中听见神命。但我还是不大相信这时就可以弃绝理性，因为那绝地之上等着人的除了倡导爱愿的神还有别样的神，比如还有道破人生苦短、号召及时行乐的神。价值相对主义可能会说：诸神平等，怎么都行。但怎么都行不等于怎么都好，保护大熊猫不等于人也要做大熊猫。或有人说：大熊猫怎么了？人还不如大熊猫呢！那人也不如耗子吗？就算也不如，那圣雄甘地如不如希特勒呢？还是不如？那好，大家提防着你就是。所以还得提防着价值相对主义。

人居各地，习俗不一，人在人群，孤独无二，魂拘人身，根本的困境与救路都是一样的。受贿的神受不同的贿，指引爱愿的神却并不因时因地而有改变。

三十

物质至上，并非一国一地之歧途，而是全人类的迷失。你看一切政府的共同目标是什么？你看全球各地的斗志昂扬都基于什么？无不是国民生产总值的增长，以及消费指数的增长；增长增长再增长，似乎人类的前途、生命的意义全系于物质占有和消费水平的可持续增长。这样的竞赛之下，谁还顾得上地球？谁还顾得上生态？相互的警告与斥责，不过是五十步恨百步，或百步对五十步的先期防范，讨价还价中哪还有什么爱愿和理性？完全像贪婪的子孙在争夺父母（地球）的遗产。本来嘛，做买卖的谁不想赚？非要让先赚的让着后赚的，一百步等着五十步，实在也是不通事理。可是话说回来，五十步恨百步也未必是恨其掠夺地球，也未必是恨那消费模式腐蚀着人类灵魂，更可能是恨着自己的手慢，好东西先都让别人拿了去。如此这般地增长了再增长，赚了又赚，五十望一百，一百望一千一万，结果无非是地球日益枯萎，人间恨怨飙升。而这未必只是政治、经济问题（把这仅仅看作政治、经济问题，我疑心那还是中着物欲的魔法，还是像五十望一百而不成时的心理不平衡），多半是信仰出了毛病，是如林语堂所说：近两千年来人已经听不懂了神的声音。岂止听不懂，是干脆不要听，是如陈嘉映所说："生活真容易变得有趣，所以没有人思考。"诗意地栖居吗？就怕诗人早也认同了饭局中的操作与推销。

三十一

有位一向自诩关怀生命意义的老友，忽一日自信看透了人生，说："咳，什么意义不意义、道德不道德的，你说是不是？"不小心我说了"不是"。场面于是有些沉闷，大家对坐无言，然后避开这话题胡乱说些别的。但我知道他心里在说什么——"虚伪！"我也知道这一句谴责后面的理由——"老实说，你不看重名利？"我还知道支持这理由的所谓看透——"什么信仰呀爱愿呀，这个呀那个呀，说说罢了，人生实实在在，不过死前的一次性消费，唱高调的不是傻瓜就是装蒜。"

虚伪，这两个字厉害，把它射向诚实，效果多佳。比如黄色小说的自卫反击："各位的做爱难道不是这样？为何不从实招来？"想想也是，诚实于是犹豫。黄色见状，嘴上或心里必是脆脆的一声："虚伪！"诚实容易被这一声断喝吓糊涂，其实呢，黄色只见了性爱之形同，而难识心魂之异彩——本来嘛，爱情之要，原是黄色的盲区。不过"虚伪"二字真是厉害，它所以百发百中，皆因人非圣贤，谁心里没有一些阴暗和隐藏？但这些可能是污浊的品质，恰是人应当忏悔和道德不可或缺的缘由，怎能借坦荡与实在之名视其为正当？这差不多是个悖论：你说他虚伪，是因其知污浊而隐藏，你说那隐藏的并不污浊，甚至美妙到可供炫耀，那虚伪岂不要换成谦逊了？

上述的虚伪固然不是美德，但毕竟留了一份美好的畏惧在头上，而上述的坦荡和实在，则无所畏惧到彻底不识了好歹。好与歹，岂可由实在引出？好与歹根本是心魂的询问。难怪价值相对主义说怎么都好，它是执实在而不思不悟，助人欲以坦然胡行。有了美好的畏惧在，虚伪则可望迷途知返，人便有了忏悔的可能。我有时设想，最不可救药的虚伪什么样儿？比如说，有一天忏悔也不是因为看见了自己的污浊，而是追随着时髦，受洗也不是为了信守神约，而是看它为一枚高雅的徽标，信仰呀爱愿呀都跟把黑发染黄一样成了美容店的业务，那才真叫麻烦。

三十二

但爱愿都是什么呢？如何才算是爱愿呢？爱愿既然高于规则，它就不能再是规则。爱愿既然是天启，它就不能又是人说。比如，爱愿之紧要的一条是爱他人，这分寸如何把握？就算"己所不欲，勿施于人"是一种可能的把握，但它也只说出了问题的一面，另一面——己之所欲，怎样呢？务施于人吗？你欲丰衣足食，务使别人也丰衣足食，你欲安居乐业，务使别人也安居乐业，这当然好。但是，你欲欺世盗名，也务使别人偷梁换柱吗？你欲做伪证，也务使别人知法犯法吗？显见是不行，那是教人作恶呀。那么，你欲捐资扶贫，你欲安贫乐道，你欲杀身成仁，这总不是恶了吧？那么，别人也都得这样吗？你说不必。你甚至说，强迫捐资岂非掠夺？强使乐道，道将非道；强逼成仁，仁安在哉？如此说来，自扫门前雪吧，不如少管别人的事。人欲乘凉，我独种树，人欲出人头地，我看平常是真，相安莫扰各行其是，岂不天下都乐？可是有个别人叫希特勒，他要打仗，还有几个别人叫"四人帮"，他们要焚书坑儒，怎么办？你可能会说：这已经跑题了——倘其自己跟自己打，自己烧自己的书，请便，但你把仗打到别人头上，那就违背了"己所不欲，勿施于人"的圣训，故此一条圣训已经把话说全。就算是这样吧，那么"勿施于人"要不要务施于人呢？要，是"勿施"之否定；不要，是否定了"勿施"。你说：还是独善其身的好。但这是绕圈子，希特勒打来了，"四人帮"烧来了！你说：那正是因为他们违背了圣训呀！倘人人遵此训而独善，岂不众生皆善，哪还会有这些乱七八糟的事？但他们要是压根儿就不信你那圣训呢？好了，不管你是指责他们的违背，还是遗憾于他们的不信，都说明这圣训压根儿就有务施于人的倾向。

三十三

怎么回事？哪儿出了毛病？"务施"者，难免为他人所不欲，故当"勿施"；"勿施"者，又难免误失了圣训，故又当"务施"。那么，"勿施"与"务施"的分寸谁来把握？鱼和熊掌可否兼得？

水与火，怎样和谐共处，相得益彰？

但这是能由人说的吗？人一说就是"务施"，就是"勿施"，或就是"误失"，就又要掉进那个逻辑陷阱。

这事必由神说。人，必要从那不可更改的天赋事实（第一推动，或绝对开端）之中，从寂静之中，大音希声之中，谛听天启。

可是先生，你这就不是绕圈子吗？你说你听见了此般天启，我还说我听见了彼般天启呢！这像不像把猴子扮成人，等他说人话？像不像把人扮成神，由他行天道？

三十四

这怎么办？

这怎么办？

这怎么办？

要把这一节写满：这怎么办？

或要用一生来问：这怎么办？

人将听见，那无穷之在莫不是：这怎么办，和这怎么办？

三十五

在逻辑的盲区，或人智的绝地，勿期圆满。但你的问，是你的路。你的问，是有限铺向无限的路，是神之无限对人之有限的召唤，是人之有限对神之无限的皈依。尼采有诗："自从我放弃了寻找，我就学会了找到。"我的意见是：自从我学会了寻找，我就已经找到。

叹息找不到而放弃寻找的，必都是想得到时空中的一处福地，但终于能够满足的是大熊猫和竹子，永远不能不满足的是人和人的精神；精神之路恰是在寻找之中呀。寻找着就是找到着，放弃了，就是没找到。就比如，活着就是耗损，就是麻烦，彻底的节约和省事你说是什么？但死也未必救得了这麻烦。宇宙本是一团无穷动啊，你逃得了和尚逃得了庙？天行健，生命的消息不息不止，那不是无穷动吗？人在此动之中，人即此动之一环，你省得了什么事？于人而言，无穷动岂不就是无穷地寻找？

问吧，勿以为问是虚幻，是虚误。人是以语言的探问为生长，以语言的构筑为存在的。从这样不息的询问之中才能听见神说，从这样代代流传的言说之中，才能时时提醒着人回首生命的初始之地，回望那天赋事实（第一推动或绝对开端）所给定的人智绝地。或者说，回到写作的零度。神说既是从那儿发出，必只能从那儿听到。

图书在版编目（CIP）数据

病隙碎笔 / 史铁生著.--长沙：湖南文艺出版社，2017.11（2023.5重印）

ISBN 978-7-5404-8343-2

Ⅰ.①病… Ⅱ.①史… Ⅲ.①散文集—中国—当代

Ⅳ.①I267

中国版本图书馆CIP数据核字（2017）第248833号

上架建议：名家经典/当代散文

BINGXI SUIBI

病隙碎笔

作　　者：史铁生
出 版 人：陈新文
责任编辑：薛　健　刘诗哲
监　　制：于向勇
策划编辑：楚　静
营销编辑：王　凤　段海洋
版式设计：潘雪琴
封面设计：李　洁
出　　版：湖南文艺出版社
　　　　　（长沙市雨花区东二环一段508号　邮编：410014）
网　　址：www.hnwy.net
印　　刷：三河市兴博印务有限公司
经　　销：新华书店
开　　本：875mm × 1230mm　1/32
字　　数：200千字
印　　张：8
版　　次：2017年11月第1版
印　　次：2023年5月第10次印刷
书　　号：ISBN 978-7-5404-8343-2
定　　价：48.00元

若有质量问题，请致电质量监督电话：010-59096394
团购电话：010-59320018